下犬童《しもいんどう》

山田　貢

文芸社

挿画／山田　貢

目次

倉の家から

下犬童

I　下犬童

倉の家から

幼少の頃から中学生の途中頃までの私の記憶をこれから書き記そうと思う。年代でいうと一九六〇年代の途中から一九七〇年代の前半である。中には記憶が不確かで事実と異なることもあるかもしれない。

幼い頃

幼い頃の意識は断片的なものである。ふと気づくと私は家の階段の途中に座っていた。母と祖母が下で朝食の支度をするのを眺めていた。自分はひまで何もやることが無いと感じるが、その後の記憶は思い出せない。違うある日、通りのところまで行って、鉄道員だった父親の帰りを待っていた。夜勤あけの父が帰ってきた。私は肩車をしてもらって家へ帰っていく。家に着くあたりで記憶はなくなる。

またある日、蒸気機関車の運転手に知り合いがいるから運転室に乗せてやると父親に言われた。私は駅のホームでわくわくしていた。次の瞬間はっと我にかえると、私はやはり駅のホームに立っていた。両手を見るとなぜか機関車のすすが付いていた。不思議だった。運転室にいたはずのついさっきのことが思い出せなかった。

幼い頃は昨日や明日、先月や来年とかいう概念が無い。いきなり自分の存在に気づくと、何かの出来事が展開していく。しかし、ぷっつりと自分の意思の連続性はなくなってしまう。幼い自分にとってはその瞬間、今が自分の存在するほとんど全てなのである。

倉の家

そんな幼い頃、私の家族は父、母、祖母がいた。私が五歳の時、妹が生まれた。私のこの家族は倉の家に住んでいた。蔵造りの住宅ではない。農家の土蔵を改造した借家である。母屋の農家はこの地域では大きな農家だった。集落は佐賀平野の田園地帯にあった。その集落のはずれの広い敷地に大きな母屋が建っていた。ワラ屋根のりっぱな母屋だった。敷地は生垣で囲まれていた。東の端には離れの屋敷があった。小道から敷地に入って母屋の玄関までは石畳が続いていて、その両脇は針葉樹の並木になっていた。母屋の西側に大きな土間があった。これは農作業用の土間で、稲刈り後のモミの乾燥や、正月前の餅つきはここで行われた。この土間のさらに西側に面していたのが、私の家族が住んでいた倉である。

倉は大きな土蔵だった。屋根は二階建ての高さがあった。瓦屋根は所々コケが生えて、そこから雑草が伸びていた。壁は白い土壁だった。倉には農家の大きな土間に面して大戸と呼んでいた引き扉があった。そこから倉の中に入ると、人が一人分くらいの狭いほとん

記憶から描き起こした倉の家　2010年３月

ど真っ暗なトンネルのような通路を抜けて、一階の内部にたどり着く。通路が内部の空間に出たところはセメントの床になっていた。靴はそこで脱ぐようになっていた。

この一階内部にはセメントの床部分から板敷きの通路があった。それは左に曲がりながら倉の南側に抜けるようになっていた。この通路の西側は畳敷き、東側が板敷きの少し高い部分になっていた。畳敷きの部分は、厚い埃《ほこり》に覆われていた。それは放棄された領域だった。父親が昔作ったらしい一メートルくらいもある軍艦の模型が放置されていた。その向こうは白い土壁が見えていた。小さな窓からわずかな外の光が射していた。

通路の東側の板敷きにはちゃぶ台が置いて

あった。家族はそこで食事を取っていた。食器棚があって、後で冷蔵庫もそこに置かれた。料理をするためのコンロは中央の通路部分のちゃぶ台と反対側に置かれていた。最初は手押しポンプのついた石油コンロだったが、あとでプロパンガスコンロになった。だるまのような形をした小さなガスボンベが家の中に置かれた。コンロのところとセメントの床の間には大きな机が置いてあった。どこかの引き出しにはワラを敷いて、買ってきた卵がそこに保存された。

流し台は倉の南面とそれに面した小さな小屋の隙間に作られていた。流し台には水瓶が置いてあった。水はひしゃくで水瓶からすくって使った。流し台に水道は無かった。水道は土間の北の端にあったので、そこまで毎日祖母と母は水を汲みに行った。流し台の置かれた部分から左側に扉があった。そこからも家の中に出入りできるようになっていた。この扉は農家の土間の南面入り口外側にあった。

倉の二階部分は私の家族の居間になっていた。一階の板敷きのところから急角度の階段が二階に通じていた。その階段の脇には引き出しの付いた大きな鏡があった。私の生まれる前に祖父が神埼《かんざき》で床屋をやっていた時の遺物だった。幼い自分にとって大きな鏡は当たり前のことだと思っていた。後になって、それは理髪店以外の家庭にはあまり無いものだということを知った。鏡のところには祖母の椿油《つばきあぶら》が置いてあった。

北の部屋

急な階段はそれを上がり終えると倉の二階部分に出た。階段が上がってくる部分は人が落ちないように二階に手すりが作られていた。この手すりは着物掛けとして使われた。二階は八畳くらいの部屋二つに仕切られていた。二つの部屋の仕切りは障子だった。障子にはガラスもはまっていた。南側の部屋には両親と私と妹が、北側の部屋には祖母がいた。祖母は床についていることが多かった。蒲団《ふとん》は敷かれたままだった。二階には天井板が無くて、柱に組み合わされた太い梁《はり》と屋根の裏側が見えていた。電灯線の配線はむき出しに見えていた。電灯線は一本ずつガイシで梁に固定されていた。壁は漆喰《しっくい》の白い壁だった。所々に鉛筆で数字の羅列や機関車の絵があった。これらの落書きは後になって自分が描いたものだと納得した。描いた時の記憶は全くなかった。

北の部屋には洗濯物や、服やタオルなどの置き場として竹ざおが掛けられていた。竹ざおは二本くらいだっただろうか。部屋の明かりは最初白熱電球だった。白熱電球の光は強い影を作った。二股のソケットの小さいほうには色の付いた小さな電球が付いていた。後には蛍光灯が明かりになった。

北の部屋には父親の模型飛行機が掛けられていた。模型飛行機のひとつはアルミニウム製で軍用機の形をしていた。もうひとつは木製でさらに大きかった。小さなエンジンの付いた本格的な飛行機だった。無線操縦ではなく、ワイヤーで翼を調整するようになっていた。この飛行機は操縦者だった父の周りをワイヤーの半径でぐるぐる回りながら飛んだことだろう。この方式の模型飛行機は、一度だけ学校の運動場で知らない人が飛ばしているのを見た。古いアルバムの父の写真を見ると、若い父が友人らと模型飛行機を前に並べて記念写真にしているのがあった。それらの模型飛行機はもう飛ぶことも無く壁に掛けられていた。

北側の部屋には大きな長持があった。家族が普段使う蒲団はその上に片付けられていた。北側の部屋の北の壁には小さな窓をはさんでタンスがあった。片方のタンスには洋紙が切らさないようにいつも入れてあった。それを使って私はいつも絵を描いていた。ただひとつの北側の窓は小さかった。たしか鉄板と漆喰と金網を組み合わせた分厚い扉になっていた。ガラスははめ込まれていなかった。扉を開けると、外の明るい光が暗い北側の部屋に入ってきた。窓からは農家の母屋に続く別な小屋の瓦屋根が重なって見えていた。その向こう遠くには脊振《せふり》の山々が見えていた。

南の部屋

南側の部屋は南面の半分ほどがガラス窓だった。その外側は一段高い縁側になっていた。縁側は幅が狭かったがちょうど腰掛けられるくらいの高さになっていた。縁側の手すりを越えて下に降りると、倉の南に面した小屋の屋根に降りることができた。私はこの瓦屋根の上に降りるのが好きだった。十歳ほどになった私は、夜、双眼鏡を持ってこの屋根の上から南天の星座を眺めていた。真っ黒な夜空にはオリオン座や天の川が見えていた。オリオン座は学校の教科書の図で感じるよりずっと大きかった。

昼間縁側から南を見ると、小屋の屋根の向こうに田んぼの景色が広がっていた。遠くには向こうの集落と堀脇の竹やぶや木々が幾重にも続いて見えていた。西には、[1]堀と竹やぶが見えた。別の農家の柵の中には乳牛が見えていた。縁側の片方の端には私が幼い頃は私のおまるが置かれていた。もう一方の端には鉢植えの小さなソテツや色々なものの残骸が積まれていた。その中に、籐でできた鳥かごがあった。祖母は昔小鳥を飼っていたと話していた。この倉に引越してくる前のことだろう。私はもう小鳥のいなくなった鳥かごを眺めていた。

北側の部屋から南側の部屋に入ったところの東の壁沿いには低い机が置かれた。その上に小さな仏壇があった。この小さな仏壇は祖父が作ったものらしい。内側に箔《はく》を張った箱のようなものだった。中には祖父の位牌《いはい》が収められていた。仏壇の横には足の付いた白黒テレビが置かれていた。仏壇のある机の下かテレビの下には自分の本が置かれていただろうか。その右側には後になって妹の電子オルガンが置かれた。この電子オルガンは急な階段から苦労して二階に運び上げられた。その右側、部屋の南東端に母親の鏡台が置かれていた。その右側は縁側の雨戸を入れておく物置のような部分になっていた。カーテンが掛けられていた。鉄道模型の線路を入れた箱はそこにあった。

南側の部屋の窓の上には祖父の描いた絵が額に入って三枚掛けられていた。祖父は肖像画家だったらしい。左端の絵は、古風な想像上の風景画だった。ロココ風の風景画だった。その絵は、森の中に池があって、白鳥がいた。池のそばには洋館が建っていた。人物は描かれていなかった。中央の絵は、ずっと白黒の肖像写真だと思っていたが、後になって絵だとわかった。私の知らない女性が和服姿で描かれていた。右端の絵は明治天皇の肖像画だった。絵の中の明治天皇は勲章をたくさん付けていて、それらが細かく描きこまれていた。祖父は私が生まれる頃亡くなっていた。この三枚の絵が自分にとっての祖父の全てであった。

南側の部屋の西の壁沿いの縁側よりには低い机が置かれていた。その上は後に私の本棚になった。机の下の奥には工具などが置かれていた。さらに奥には古い鉄道模型の線路の一部や古い真空管の詰まった箱があった。私は小学生の間は机を使わず畳に寝そべって勉強したりしていたが、中学入学が近くなってスチール机が買われた。それがこの低い机の前、縁側に面して置かれた。スチール机の上には、当時自分で作り始めていた短波ラジオを置いた。

以前からあった低い机の右側にはガラスケースがあった。その中には祖母が若い頃旅行先で買ったらしい小さな置物がたくさん入っていた。置物は透明で中が液体で満たされていて、ゆすると中で雪が降るような物や、細かい細工で松の木や塔を作ったものなどがあった。時々私はそれらを手にとって不思議気に眺めていた。

ガラスケースの上には別のガラスケースが載っていた。父親の鉄道模型の機関車はそこに置かれていた。その上のほうには神棚があった。筒型の鉛筆立てがあった。実は砲弾の薬きょうらしい。祖父が第一次大戦頃の戦争に行った時持ち帰ったのだろう。真ちゅう製で中は空になっていた。後ろには砲弾を発射した痕と思われる凹みがあった。1910BUDAPESTと刻印があった。その他に、小さな軍艦の文鎮らしいものもあった。それらの右側に後に妹の雛人形が置かれた。ガラスケースに入った三段飾りだった。私はその下のほうの段に置いてある樹木の置物や弓矢を持った人形を見るのが好きだった。その右側はもう北側の部屋との間を仕切る障子になる。

部屋の仕切りの障子に面してタンスがあって和服掛も立っていた。大日本帝国海軍と書かれた水兵の帽子があったがいつの間にか無くなっていた。

南側の部屋には足踏みミシンがあった。たまにペダルを踏んで動かしてみた。さらに古そうな手回しの小さなミシンもあった。

部屋の中には牛の顔の絵が描かれた赤い大きな缶がいくつもあった。あるものは蚊取り線香をその中に入れて燃やすのに使われた。この缶の意味は最初わからなかったが、そのうち、自分が飲んだ粉ミルクの缶なのだと納得した。部屋には計算尺がいくつもあった。計算尺は竹製で極めて精巧に削られて、目盛りが打たれていた。しかし、幼い私は物差しとしてしか使えなかった。母は以前、街にあった計算尺工場で働いていたと話していた。

風　呂

便所は倉の大戸から農家の土間に出て左側に進み、さらに木の引き戸の向こうにあった。男子小用が通路の脇にあって、その奥が個室の汲み取り便所だった。個室のほうは、うっかりすると下に落ちてしまいそうで怖かった。夜は大変である。倉の二階から下に降りるだけでも心細かった。そこから真っ暗なトンネル状の通路を通って、大戸を開け、暗い土間を通って、もうひとつの引き戸を開けるとやっと便所にたどり着いた。便所の個室のさらに奥のほうは農具置き場になっていた。本当に暗黒だった。とにかく何か恐ろしいものが出てきそうで怖かった。便所が家の中にある家がうらやましかった。

便所の手洗いは水を入れた容器が通路脇につってあった。これの下の部分を押すとジョウロのような口からしばらく水が落ちてくるような仕掛けだった。この通路は倉の北側と便所と農具小屋に囲まれた中を通っていた。倉の北の部屋の窓から下を見るとこの通路が見えた。ここには日がほとんど射さないから、あたりにはコケが生えていた。

風呂はその通路をさらに進んで別な農具小屋の脇のところにあった。通路の脇にセメントの床を作って、材木でバラックのような二面の壁が作られた。通路に面した残りの二面は壁が無かった。そこに木製の風呂桶《おけ》とスノコが置かれた。別の桶に水を溜めて、それで足し水をした。洗濯はここで行われた。母と祖母は洗濯板と硬い石鹸《せっけん》で洗濯をした。洗濯板は擦り切れて少し小さくなっていた。

風呂桶には釜が付いていた。祖母が石炭で風呂を沸かした。石炭は燃え終わるとガラになった。鉄の棒で釜を下から突いてガラを下に落とした。ガラはもとの石炭とは違って、軽くていびつな形をしていた。風呂の煙突は釜の上にはめるようになっていた。煙突は白くて何か粉っぽい感じの表面だった。石綿でできていたのだろう。私は風呂に入っている時煙突に水をかけてしみ込ませて遊んでいた。

この木風呂は月日が経つと腐ってふやけてきた。つめで桶を引っかくと硬い木目以外のふやけた木が爪の間に詰まった。最後は、ある日、新品の風呂桶に交換された。新品の風呂桶は木の香りがして気持ちよかった。冬になるとこの風呂は寒かった。屋外のほとんど吹きさらしの風呂だから湯船に浸かっている時はまだましだった。スノコの上で濡れた体を石鹸で洗う間は寒くてたまらなかった。風呂の小屋の壁には小さな棚が作られていて、石鹸や古い鏡が置かれていた。父親はこの鏡を見ながらかみそりで髭《ひげ》を剃《そ》った。

風呂の排水はセメントの床から土の溝を曲がりくねって敷地の外に出た。最後は堀に流れていた。風呂のそばには、小さな畑があってキュウリや唐辛子が植わっていた。キンセンカもあった。小学生の時、学校で種を発芽させて作ったヒマワリの苗を植えた。ヒマワリはあっという間に私の背丈より大きくなった。大きな花が咲いて、種がたくさん採れた。

風呂場の先の小屋には私の家族と別のもう一家族が住んでいた。夫婦と子供がいた。主が亡くなるとその一家は引越していった。

小道

倉の家の近くにバスの通る道があった。家から狭い小道を歩いていくとしばらくしてその道に出た。家からその道に出るには二つの小道があった。小道は田んぼから一段高くなっていて両脇には草が生えた。春にはぺんぺん草や、タンポポが咲いていた。舗装はされていなくて、小さい砂に覆われていた。

南側の道は最初、田んぼの中を通って西に曲がった。その先は小さな柿の木の脇を通って、牛の柵の脇を通った。牛ににらまれるのと、雨の日に牛の糞尿が道に流れてくるのがいやだった。小道はそこを過ぎると堀の茂みを越えた。家二軒分くらい進むとバスの通る道に出ていた。

北側の道は風呂小屋の脇から小道に出た。敷地の北側の堀を渡り、西にまっすぐ進むとバスの通る道に出られた。途中は堀岸の竹やぶが茂っていて、昼間でもちょっと薄暗かった。小学生になって、私は近くの公民館で開かれる習字の塾に通った。夜の帰り、その真っ暗なところは走って通り抜けた。電柱に丸い傘のついた白熱電球がぼんやりと光っていた。それがいっそう周りの暗闇を強調するようだった。

北側の道沿いには、ちょっとした屋敷もあった。そこには猟犬がいて、時々激しく吠《ほ》えた。北側の道を反対に東のほうに進むと木工所があった。電動のこぎりの音がして、木の匂いがした。倉の家の台所にある小さな網戸棚は、この木工所で作ってもらったものだ。その中には食料品が入れられた。私が小学生の頃、友達が持っている野球盤ゲームが欲しくなった。私は、木工所からもらってあった木のかけらを切ったり削ったりして、少し小さな野球盤ゲームを作った。この木工所のほうには家の南側からも道があった。母屋の農家の生垣の脇を東に進んで田んぼを抜けると鶏小屋のある家があった。私が近づくと、そこには大きな犬がいた。鎖の届く限界までこっちに飛び掛ろうとして、激しく吠えた。

木工所のところをさらに東に行くと、佐賀市[2]と東隣の神埼郡の境界があった。境界といっても田んぼが広がっている中の堀が境界線である。その境界は越えてはいけないような気がした。小学生の低学年頃は自分ひとりでそれを越えて東に行くことはほとんど無かった。この領域が幼い頃の私の行動範囲だった。その外の領域との間には、吠えて怖い犬や大きくてちょっと不気味な牛がいて関所になっていた。

バス

家から南側の小道を通って、バスの通る道に出たところに橋があった。そこにバス停があった。最初の頃、バスはエンジンが前に突き出たボンネット型のバスだった。バスは一時間に一本くらいあった。バスは遅れて、待っても待っても来ないことが多かった。バスには大きなガマグチを下げた車掌が乗っていた。母が中でお金を払って切符を買った。そのバスもいつの頃か、エンジンが突き出ていない真四角な新しいバスに変わった。バスの通る道は最初舗装されていなかったが、次第に少しずつ遠くの国道まで舗装の工事が行われた。

母はバスに乗って街まで買い物に行った。私も連れられて街へ出た。買い物の帰りに夜になった。バスに乗ると、バスの進む方向が家に向かう方向と逆に感じた。私は遠くへさらっていかれそうな感じがした。怖くて「逆、逆、逆」と叫びながらバスの中で激しく泣いた。私の記憶はいつもそこで途切れてしまう。バスは何事もなく家のほうに向かい、何事もなかったように、母と私は家に着いたのだろう。

駅

駅は倉の家のある集落の北の端にあった。長崎本線伊賀屋《いがや》駅である。線路は単線で駅のところで上り下りの二本に分かれてその両側にホームがあった。駅員が駅舎の前にあるホームの端の板を外すと、そこが踏み段になっていた。踏み切りのように線路を渡ることができた。向こう側のホームへはそのようにして行った。単線ですれ違う列車はその踏み切りの部分のすぐ手前で止まって、発車を待っていた。ホームに立っていると、蒸気機関車に引かれた急行列車や、貨物列車が通過した。自分に向かって驀進《ばくしん》してくる蒸気機関車は少し怖かった。近くの踏み切りで遮断機の棒が折れていたのを見つけて駅まで知らせに行った。もう他のだれかが知らせた後だったらしいが、駅員は私に礼を言ってくれた。そのうち駅舎は無人になった。待合室と改札口の部分以外の半分は取り壊された。

店

駅前には店が数軒あった。小学五年生くらいになると、この駅前の食堂で、チャンポンを作ってもらって一人で食べていた。駅の少し手前に郵便局があった。そのもう少し手前、バスの通る道との交差点に八百屋があった。八百屋の中は野菜の切りかすなどが雑然と散らかっていた。そこには明るい街灯があって、夜には虫が寄ってきていた。

そこから集落沿いに通りを家のほうに進むと、途中に酒屋があった。店の入り口は藤棚になっていた。夏にはそこでもまれにアイスクリームを買った。薄暗い店の中はちょっと甘酸っぱいような匂いがした。

家の近くのバス停のところには万屋《よろずや》があった。私は小銭をもらったらその店でアイスクリームやお菓子を買った。アイスクリームは五円や十円だった。パンは十五円や二十円だった。缶詰やソーセージも売っていた。絵具や工作の材料やプラモデルもあった。店の真ん中の畳に主人の老人がいつも座っていた。この店では、私は店に入ると適当にお菓子やアイスクリームを取って食べて、最後にお金を払っていた。夏にはところてんもあった。注文すると、主人が水瓶の中からところてんを取り出して、木製の水鉄砲みたいなものに入れて棒で押す。すると網目から細く切れたところてんが出てきた。ところてんには酢《す》醤油《じょうゆ》がかけられた。小遣い銭を貯めることを覚える歳になると、五百円くらい貯めて、プラモデルを自分で買った。

街

街は鉄道の駅では隣だったが、父親に連れられていく時はオートバイの後ろの席、母親か祖母に連れられていく時はバスで行った。バスで二十分くらい掛かって街に着いた。佐賀の街だった。

街は栄えていた。スーパーマーケットでは回転焼きを自動的に焼く機械が動いていた。楕円形《だえんけい》に回転焼きの鉄皿がゆっくり動いていた。生地が注入され、片面が焼かれ、あんこが注入され、また生地が注入され、鉄皿は閉じて焼かれた。回転焼きは無限にできあがっていった。

大きな神社には鳩《はと》がいた。神社の境内の端にたくさんの格子が造ってあってその中に鳩がいた。鳩のえさを買った。えさは硬いとうもろこしだった。別のスーパーマーケットやデパートの上の階には食堂があった。食べたいものを決めて最初にレジで母がお金を払うと、鉄道の切符のようなものを渡されて席についた。店の人がその切符を半分にちぎって厨房《ちゅうぼう》に持っていった。それでも待っても待っても注文したものが来ないことが何度かあった。ソフトクリームが好きだった。ソフトクリームは銀色のスタンドに載っていた。

アーケード街に入るといろいろな店があった。アーケード街は南側の入り口近くが新しい敷石の明るい通りだった。アーケードを先に進むと、少し薄暗い、何か昔を思い起こさせるような通りがあった。呉服屋が多かった。入り口が狭くて奥が長い玩具屋もあった。うなぎ屋はアーケードの中にうなぎの匂いのする煙をもくもくと出していた。

アーケード街の端に電器店があった。ラジオの部品が売られていた。カウンターのガラスケースの中には、スイッチや何か不思議な小さな部品がきれいに整理されて並べられていた。壁沿いの棚は格子状になっていた。オレンジ色の箱に入った真空管が並んでいた。

十歳頃から父がラジオの部品を買ってくれたので、自分でラジオを組み立てた。本屋は二軒あった。父に連れられて古い本屋に入ると木の床はきしんで音がした。平べったい引き出しを開けると国土地理院の地図があった。新しい地図の匂いがした。

アーケード街は夏になると道の真ん中に氷柱がいくつも置かれた。歩きながら次々にその氷柱を手でなでていた。夜になると、ネオンサインがきれいだった。パチンコ屋の名前やお菓子の会社の名前のネオンサインがあった。字と背景が順番に点灯して、それが横から波打つように動いていく。その繰り返しを見るのが楽しかった。

山

北の方角には山が見えた。山並みは一年を通して青緑色だった。冬や、夏の雨上がりの直後にはすぐ近くに見えた。春はかすんでうっすらと遠くに見えた。山並みの西よりには天山[3]があった。冬に一度雪をかぶるとしばらく山頂は白かった。天山の西のほうに山並みが低くなっているところがあって、唐津《からつ》はこの先にあるのだろうかと考えていた。

北の山並みの少し東よりには脊振山[4]があった。山頂に丸や四角の建物が見えた。そのさらに東には九千部山《くせんぶやま》が遠くに見えた。山並みは東のほうに遠く消えていった。真東には地平線近くに久留米〔5〕の向こうの山が見えた。南にはさらに遠く有明海《ありあけかい》を越えて雲仙岳《うんぜんだけ》が見えた。

父は一番近い山に私をよく連れていった。オートバイで砂利道を上りきると、石段がずっと続いていた。石段の最後には小さな祠《ほこら》があった。そこからは佐賀平野が広く見渡せた。そこは山頂ではなくて、祠の後ろには奥へ行く道が続いていた。その先へはほとんど行かなかった。

福岡県との県境近くに北山《ほくざん》ダムがあった。父は北山ダムの貯水湖へも私をよく連れていった。貯水湖までは最初の頃、神埼から広滝《ひろたき》を通っていった。まだ川上《かわかみ》からは広い道ができていなくてオートバイがやっと通れるような山道だった。貯水湖には歩いて渡るつり橋が架かっていた。橋の歩道は踏み板に隙間があった。下の湖面がまる見えだった。橋は歩くとゆれて怖かった。そこへ行った最初の記憶の日、橋を渡ったところで握り飯を食べた。その日は雨が降っていた。地面に握り飯を置いていたらそこに黒い大きな蟻《あり》がやってきた。

北山ダムのある三瀬《みつぜ》からさらに北に向かうと三瀬峠《みつぜとうげ》があった。佐賀からこの峠まで道は少しずつ高度を上げていくが、ここから先は一気に下って福岡の街に着くようになっていた。父は私をオートバイの後ろに乗せて、三瀬峠を越えて福岡へ向かった。福岡への下りは急なカーブが続いた。

夜

夜は静かだった。蒲団に入って眠りにつくのを待っていると、遠くから列車の音が聞こえた。列車の音は聞こえる夜と、聞こえない夜があった。夏が近づいて田んぼに水が張られると、ウシガエルの鳴く声が聞こえた。ウシガエルはずっと鳴き続けていた。低い鳴き声だった。雨が降り出すと、雨粒が瓦に当たる音が聞こえた。

雲

夏になると青い空に大きな入道雲ができた。見ているとどんどん雲は湧き上がっていく。ついさっきの形がもう思い出せない。夕方には日の光を受けて入道雲はオレンジ色に光った。入道雲にあたりが呑みこまれると、急に暗くなった。突然風が吹き出して、一気に土砂降りがやってきた。雷鳴がとどろいた。

ある晴れた夜、双眼鏡で遠くの地平線を見ていた。突然、入道雲の形が赤く光って見えた。

花火

夏、倉の家の二階から遠くに花火大会の打ち上げ花火が見えた。筑後川《ちくごがわ》沿いの花火大会だろう。地平線近くに花火の大輪が小さく見えた。双眼鏡で見ていた。音は聞こえなかった。

雪

ある年、正月の前か後に大雪になった。田んぼも小道も雪に覆われた。雪を踏んで堀端の小道を歩いた。堀の水面は凍っていたかもしれない。別のある年、小学校四年生の時だろう、三月三日に大雪になった。駅の近くの子の誕生会に呼ばれていた。私はその家の電気スタンドが壊れていたのを見つけて、雪の中を自分の家まで修理道具を取りに帰った。その子の家に戻ると、電気スタンドを修理した。ひと冬に二回くらいは雪が積もった。そして、その日の午後か次の日には暖かい日射しで雪は解けてなくなった。

火鉢

二階には火鉢があった。灰の上に火の付いた木炭が置かれた。灰は細かくて滑らかだった。小さなスコップのような器具が火鉢の中に置いてあった。幼い頃、寒い日は精一杯厚着をして、火鉢を抱えているような格好だった。火鉢に餅焼き網を置いて、餅が焼かれた。そのうち石油ストーブが使われるようになった。石油ストーブは暖かかった。丸い半球型の網の部分が均一に光るのが不思議だった。網の上に黄色い炎が出ないようにつまみを調整した。ストーブの上にはヤカンが載せられて、その口から湯気が出ていた。その他には電気コタツで暖を取った。

アルバム

倉の家には古いアルバムがいくつもあった。祖母は私が生まれる前、神埼にいた頃に写真館をやっていたと話していた。その時代らしい写真がたくさんあった。昔の知らない人が写し込まれている情景の写真や、写真館で撮った記念写真のようなものがアルバムに貼られていた。写真館の表の様子や画家の仕事をしている祖父の写真は無かった。

少し小さな真四角の印画紙に焼き付けられた写真があった。以前に二眼レフというカメラで撮った写真だと父は言っていた。フィルムが大きいから引き伸ばさなくてベタ焼きで印画紙に焼き付けられたものだった。そのカメラはもう倉の家には無かった。戦争に行く頃の父と思われる写真があった。父のその十五歳の頃の顔は丸顔だった。私の見ている父の顔からは想像がつかなかった。

田植え

私の家族は農家ではなかったが、母屋の農家の農作業の一年の繰り返しは見ていた。田植えは田植さんと呼ばれる女性がたくさん集まってきて行われた。食事が振る舞われた。水を張った田んぼにたくさんのひもが張られた。田植さんは一列に並んで稲の苗を田んぼに差していった。あぜ道の上にいる人は、苗を田植さんがいる近くに投げ込んでいった。いつの頃かエンジンの付いた田植え機が使われるようになった。田植さんは来なくなった。

稲刈り

秋になると稲刈りが行われた。刈った稲穂は田んぼの上にしばらく積み重ねられた。この稲を積み重ねる方法はいねこづみと呼ばれた。一時期母はこれを手伝ったかもしれない。私もやったような気がする。多分きれいに積めなくて役に立たなかったはずだ。稲はその後、脱穀がなされた。倉の家の前の少し広い場所で、稲穂を脱穀機にかけて稲穂からモミが分離された。足踏みでドラムのようなものが回転するのもあった。ドラムに針金の鉤手が付いていた。ここに稲穂を置くとモミが外れて前に飛んでいった。

モミすりも行われた。モミから米粒が分離された。モミがらの中に入って袋に詰める作業を手伝っただろうか。モミがらが服の中に入るとちくちくした。モミがらは、地面に円《えん》錐形《すいけい》に積まれた。上に煙突が立てられて、火が点けられた。モミがらはゆっくりと炭状に変化した。ある日、私はあたりに落ちていたモミを拾って、この熱い中に差し込んでみた。しばらくすると、モミははじけてポップコーンのようになった。

大麦

稲刈りの終わった田んぼは耕されて麦の種がまかれた。春まで切り株がそのままの田んぼもあった。麦はお正月頃には芽生えていた。春五月には田んぼは麦で金色になった。

行商

豆腐は行商人が倉の家の前に売りに来た。小さなラッパを吹きながらやってきた。ラッパの音は吹いた時に「トー」の音が出て、吸った時に「フー」の音が出るのだろうか。頑丈な大きな自転車の荷台に木の箱が取り付けてあった。白い豆腐と揚げ豆腐とゴマ豆腐があった。揚げ豆腐は好きだった。時々ゴマ豆腐を食べた。少し甘くて不思議な味だった。魚も行商人が売りに来た。やはり自転車の荷台に箱が付いていて、引き出しの中に魚が入っていた。自転車には特別大きなスタンドが付いていて、地面に安定して自転車が立っていられるようになっていた。醤油屋は小さなトラックでやって来た。トラックには味噌《みそ》もあった。醤油屋の主人は前掛けをしていた。顔はほりが深くて髭があった。

妹

いつのことだったか、タクシーに乗って母がどこかへ出かけていった。私は倉の家の二階からそのタクシーを見送った。しばらくして、家には小さな赤ん坊の妹がいた。妹も粉ミルクで育てられた。いつか私も少し飲んでみたが、その味からは自分がこれをずっと飲んで育ったのが信じられなかった。いつの間にか妹はおかっぱ頭の小さな女の子になっていた。妹は何歳かになると敷地の北の向こうにある農家の女の子とよく遊ぶようになった。

親戚

母に連れられて親戚の家に行った。妹も一緒だった。母の生家のある加与丁《かよちょう》は田園地帯の真ん中だが、私のいる集落よりは家が密集していた。道の両側には、茶色の格子が壁になった家が連なっていた。加与丁は蓮池《はすいけ》の町につながっていた。蓮池は蓮池藩の小さな城下町だった。

まず家からバスで街へ出て、そこでバスを乗り換えて親戚の家の近くに着いた。そこへの途中は道が狭かった。道は小さな人工河川沿いに進んだ。川の右側から左側に渡る橋のところが難所だった。橋のところで、道は狭いまま直角に曲がっていた。バスから車掌が降りて、笛を吹いて運転手に合図した。バスは橋の脇の家の軒先ぎりぎりをゆっくりとすり抜けた。
バスを降りると舗装された道を南に少し歩いた。石の太鼓橋を渡った。道脇のムシロに魚の干物が並べて干してあった。干物の強い匂いがした。寺の前を通り、ちょっと歩くと親戚の家があった。同じような格子の壁の家がずっと先まで続いていた。

親戚の家は道からすぐ土間になっていてその奥が厨房になっていた。土間から座敷に上がるようになっていた。土間を奥に抜けると風呂があった。燃料は丸い炭団[6]だった。その脇にきれいな箱庭のような庭があった。さらに先に進むと離れの二階建てがあった。最後は堀に下りる踏み段になっていた。厨房ではワラで炊飯が行われた。冬の朝、私も土間にしゃがんでワラをくべた。親戚では茶粥《ちゃがゆ》がよく作られた。座敷の柱にはいとこが作った日本地図が額に入れて飾られていた。これは、厚紙の厚みで等高線が表現されていた。低地は緑、山地は黄色や茶色の着色がしてあった。親戚の家では正月と盆に親類一同が集まって宴が開かれた。

武雄温泉

祖母に連れられて列車に乗って武雄《たけお》へ行った。武雄には温泉があった。列車は武雄に行く途中、肥前山口《ひぜんやまぐち》で二つに切り離された。列車の片方は長崎のほうへ、もう片方が途中で武雄を通って佐世保《させぼ》に向かった。一度、祖母が気づいたら列車は平原の中を長崎のほうに向かっていた。祖母は慌てて私と次の駅で降りた。肥前山口まで戻って、武雄のほうへ向かいなおした。武雄の少し手前の大町《おおまち》か北方《きたがた》あたりで、炭鉱の石炭をロープウェイで運んでいる下を列車はくぐった。ロープウェイの黒いかごはゆっくりと動いていた。いつの頃からかこのロープウェイは無くなってしまった。

武雄駅からしばらく歩くと温泉があった。絵本に出てくる竜宮城の門のような大きな門があった。門の先には広場があって周りに温泉の大きな風呂屋が数軒あった。私は幼かったので祖母と一緒に女湯に入った。中には大きな湯船があった。お風呂が終わると展望の良い畳敷きの広い部屋で休憩した。広く見渡せる窓から松の木のある裏山が見えた。そこに鹿がいただろうか。

幼稚園

幼稚園には行きたくないと思っていた。義務教育は小学校からだというのをなんとなく知っていたので、小学校から学校に通うつもりだった。ある日、二人連れの女の人が倉の家を訪ねてきた。母と何か話していた。私はそれを二階から聞いていた。どうも私が幼稚園に行く歳だから幼稚園に入園してくれないかという話らしかった。それから何があったかは記憶が無いが、結局、年長組の一年間だけ幼稚園に通った。

幼稚園は集落の北の端の天満宮をさらに越えたところにあった。幼稚園の車が送り迎えをしてくれたが、バンの乗用車の荷台に子供数人が押し込まれた。これは交通違反だろうとうすうす考えていた。ある日、この車が山沿いまで行った時にパンクしてしまった。私は運転手がパンクしたタイヤを交換するのをじっと見ていた。朝、幼稚園に着くと、寺のお堂で朝の御勤めがあった。後ろに正座して参加した。幼稚園の平屋の建物と小さな運動場はその隣にあった。給食は菓子パンだった。十五円か二十円のを選ぶようになっていた。ジャムパンかクリームパンを食べていた。花祭りの日に甘茶を飲まされたが、変な味で気持ちが悪くなった。歳をとった女の先生は怖かった。冬のある日、先生は他の子供がボール紙製の遊び道具を持ってきていたのを取り上げた。そして、目の前でそれをちぎって、だるまストーブの火の中に放り込んでしまった。

幼稚園では、絵を描くのが苦手だった。地面を横線一本で描いて、家があって、木があって、人がいて、お日様があるような絵が描けなかった。部屋の中で思い出して描けと言われても無理だった。頭の中にいろいろな物の形のイメージができていなかった。遠近法で見たままの情景を描きたかったのだろうが、それができない自分が悔しかった。やっと、山があって、山腹にSの字に曲がった道を描いた。人も車も描けず、若い女の先生を困惑させた。この苦痛は後に小学校に入って屋外スケッチが図画の主体になってくると解消された。

この頃よく病気になった。はしかにかかってしまって、一ヶ月近く幼稚園を休んだ。学芸会は良寛さんの出し物になった。私は良寛の役をやることに決まった後ずっと幼稚園を休んでしまった。本番には出られたが、練習不足で本番中に頭の中が真っ白になった。何がなんだか一瞬わからなくなった。

幼稚園の卒園が近くなると、家から幼稚園まで毎日歩いた。皆、小学校に入ったら片道二キロメートルから三キロメートルを歩く必要があるからだった。そのための練習期間が設けられていた。

昔の歌

祖母は昔の歌を子守唄によく歌っていた。「青い眼をしたお人形はアメリカ生まれのセルロイド」で始まる歌は他の童謡と何か少し違っていて、私はそれが好きだった。祖母は「月の砂漠をはるばると」や「汽笛一声新橋を」ともよく歌っていた。私が幼稚園で歌っていた歌は全く思い出せない。

楽器 一

家に扇風機があった。この扇風機の羽根のガードになっている丸く曲げられた細い金属を弾くと楽器のような音がした。並んでいる細い金属は順番に「ド」「レ」「ミ」ぐらいまでは音階に合っていそうな感じがした。あとはずれて合っていなかった。時々それを弾いて、でたらめな楽曲を奏でていた。

アシナガバチ

倉の家の周りにはアシナガバチがよく飛んでいた。ハチは小屋の軒下などのあたりに巣を作っていた。私は数回ハチに刺された。刺された瞬間我にかえると目の上がとても痛くて、どんどん腫れていった。痛くて痛くてたまらなかった。

ある日、倉の家の二階で父親がはんてんを着た。あっと声がしたか、父はハチに刺されたと言った。はんてんを裏返すと中にアシナガバチがいた。首のあたりを刺されたらしい。それからわずか二分くらい経っただろうか、父はばったりと畳に倒れてしまった。どんどん意識がなくなっていくようだ。すぐに医者が呼ばれた。このまま父は亡くなってしまうのだろうかと私は半分冷静に自分を納得させようとしていた。しばらくして医者が来た。その時、父の意識は戻っていた。

犬

倉の家に毎日やってくる犬がいた。その犬は駅の近くの家の飼い犬だった。祖母は、古いアルミなべに食事の残りを入れてその犬に食べさせていた。私は、その犬が祖母や私にある程度なついていると思っていた。飼い主の家と私の家族との付き合いは無かった。

ある日の朝、学校に向かうために私は家を出た。百メートルくらい歩いたところで私は野犬の群れに気づいた。しばらく前から時々目にしていた群れだった。野犬の群れは突然吠えて興奮しながら私に向かってきた。私は、小道を必死に逃げた。しかし、あっという間に群れに追いつかれた。私は田んぼに落ちて倒れてしまった。群れのうちの一匹が私の太ももに噛み付いた。その後犬の群れは去っていった。私は泣きながら家に戻った。野犬の群れに追い詰められて噛まれた恐怖と、その群れの中に祖母が毎日えさをやっていたあの犬が交じっていたのが衝撃だった。父は私の太ももを口で吸って血を出した。それからしばらくは学校へ行く時、家から広い道のところまで母に送ってもらった。野犬はそのうち見られなくなった。

オートバイ

家にはオートバイ[7]があった。車は無かった。私が覚えている最初はスクーターだった。父は母と私を乗せてこのスクーターで阿蘇山《あそさん》に行ったと思う。いつか坂の途中でエンジンの点火プラグを取り替えただろうか。スクーターの後は戦争映画の軍用オートバイのような黒い大きな中古のオートバイだった。同じ形のオートバイを道で見ることは年に一回も無いくらいだった。一つ前の時代のオートバイらしいと思っていた。エンジンが垂直に付いていて耕運機のような音がした。車体の両脇にパイプのバンパーが突き出ていた。オートバイの後ろの荷台にくくりつけられたシートに私は乗せられた。これで唐津や阿蘇まで連れていかれた。帰りには尻が痛くなった。走っている最中、眠くなると居眠りをした。意識が薄れてぐらっと体が傾くと目が覚めた。

父はよくオートバイの分解整備をやっていた。エンジンの周りにあるたくさんのボルトが緩められてカバーが外された。中に歯車やチェーンがあった。私は不用意に歯車の尖《とが》った端を指で触ってけがをした。シリンダーを開け、ピストンリングが交換されることもあった。作業は夜になっても終わらなかった。私は電灯を使って父の手先を照らし続けた。ある日、オートバイで外出した父の帰りが遅いのでみんなで心配した。父は夜帰ってくると、けがをしていた。肉屋の配達のバイクが突然道に飛び出してきたと父は言った。避けきれずぶつかって倒れてバイクから投げ出されたように言った。父は大きなボンレスハムを持ち帰っていた。事故の後、肉屋が父に渡したのだろう。魚肉ではない豚肉のそのハムを家族で食べた。これ以降時々ハムが家族の食卓に載るようになった。

自転車

小学一年生頃、自転車を買ってもらった。近所では大体みんな小学一年生頃に自転車に乗れるようになっていた。練習が始まった。私は自転車にまたがった。一週間くらい父は後ろから押した。しかし私はどうしてもバランスを取ることができなかった。今日乗れればプラモデルを買ってやると父が言ったが、効果は無かった。とうとう父は諦めた。自転車は倉の家の大戸のそばに置かれたままになった。

それから二年近く経って、小学三年生頃になると、集落の少し離れたところの子供と遊ぶようになった。最初、私は走って、皆の自転車の後を追いかけていた。やがて自転車が必要だと悟った。私は、すすけた自転車を運び出して、倉の家の前で一人で練習を始めた。自転車にまたがって地面を蹴りながら、惰性で前に進むことを繰り返した。数日を経て、地面を蹴って数メートルを惰性で進むことができるようになった。ハンドルを持った手が考えなくても動いてくれるようになった。すぐにペダルの推進力の気持ちよさがわかった。

　自転車に乗れるようになったら、自分で少し遠くへ行ってみたくなった。夏の暑い日、駅を越えて北のほうへ自転車で走った。道のアスファルトは日射しの熱で少し溶けてタイヤはジージーと音がした。自分の集落から離れて北の集落との中間点まで来ると両側に田んぼが開けた。遠くに堀の樹木が連なっていた。あたりは静まり返っていた。

　ある時、友達と二人で神埼の日《ひ》の隈山《くまやま》に行く計画を立てた。日の隈山は山並みの手前にある小さな山だった。頂上には石碑があって後にはテレビの送信所になった。自転車には古いカバンがくくり付けてあった。おにぎりを作ってもらって、お茶をガラス瓶に入れてもらった。地図は家にあったのを持っていくことにした。途中、時々木陰で自転車を止めて、地図を見たり、お茶を飲んだりした。これまでは父のオートバイに乗せられていつも来ていた日の隈山だった。とうとう自分の力でたどり着いた。

サンドイッチ

母は時々サンドイッチを作ってくれた。母は魚肉ハムを切った。食パンにマヨネーズを塗った。それにハムを載せて、また食パンを載せた。はっきりとした味だった。

正月

正月が迫ってくると、母屋の農家の餅つきが行われた。私の家族もそれに加わった。母屋と倉の家の間の土間に、餅つき機が据え付けられて、農業用のモーターとベルトでつながれた。餅つき機の上から蒸したもち米が入れられ、杵《きね》で押し込まれた。すると機械の下の蛇口のような部分からやわらかい餅がにゅるにゅると出てきた。それを下に板を敷いて受け止める仕組みだった。片栗粉をふった板の上には大きな板餅ができた。

餅は数家族分が作られただろう。その後、あんこ餅が作られた。大きななべにあんこが煮られた。母や祖母はそれを手にとって、ひとつずつあんこ餅を作った。あんこ餅は後で焼くとどろどろにやわらかくなった。普通の餅は焼いて、砂糖醤油を付けて食べた。

正月の朝には、朝風呂に入った。仏壇と神棚を拝んで、順番に塩と昆布とスルメイカを口に入れた。お屠蘇《とそ》を少しだけ飲んだ。その後おせち料理を食べた。正月には茶碗蒸しを食べた。かまぼこや椎茸《しいたけ》が入っていた。おせち料理は母と祖母が作った。

小学校

小学校の入学式の記憶はほとんど無い。突然気がつくと、私は母と雨の中、水溜《みずたま》りのある泥道をとぼとぼと家に向かって歩いていた。こんなことがこれからずっと続くのだろうかと暗い気持ちになった。その後の記憶はまた無くなってしまう。学校は私の倉の家から二キロメートル西に行ったところにあった。学校へは一本道で、途中二つの集落の脇を通る他はずっと田んぼの中の道だった。日陰は全く無かった。のども渇いた。中間地点の吉《よし》野《の》集落で道端の家の人に頼んで水道の水を飲ませてもらったりした。二年生の頃までは、夏になると日射しがまぶしくて、前を見て歩けなかった。

ある時、突然、真夏の日射しの下、足元を見ながら家に向かって歩く自分に気づいた。

たぶん一学期の終業式の後だったのだろう。時々前を見ると、遠くに山が青く見えた。重い木琴を持っていた。学校の音楽教材として買わされていたものだ。折りたたみ式で四角いカバンのようになっていた。この木琴で何をやっていたのか思い出すこともできなかった。道は砂に覆われていた。

習字

倉の家からバスの通る道に出て、酒屋のほうへ行く途中に公民館があった。公民館は集落の集会のために作られた木造の小屋だった。土間と畳敷きの広間があった。建物はかなり傷んでいた。小学校二年生の頃、この公民館で習字の塾が始まることになった。習字の塾が始まる日、今日は準備する道具の話があるだろうと言って母は三百円くらいのお金を私に渡した。私はそのお金を握りしめてわくわくしながら公民館まで歩いていった。私は公民館の扉を開けた。私の期待した気分は一瞬にして失われた。広間では、折りたたみのテーブルが並べられて、真ん中に先生らしい人が座っていた。両側のテーブルにはすでに近所の子供が正座して毛筆で字を書いていた。何も準備していない私が場違いな状況にいるということは明らかだった。私は全力で走って家に向かった。私は走りながら泣いた。私は打ちのめされてしまった。私は次の週までに近所の万屋でなんとか道具をそろえただろうか。

習字の塾で最初に書いた字は「かえる」だった。それを書いて習字の先生に見せると、字が下手すぎたのか先生は怒った。まだ何も習っていないから下手なのは当たり前だった。私はまた衝撃を受けた。それでも習字の塾に毎週通った。いつもその塾の日の最初から二枚目くらいが一番良い字だと思った。その後はいくら書き直しても何か変になるばかりだった。そして一週間経つとやはり書き始めた最初のほうで前の週の時より少しだけ字が良くなっていた。これは不思議だった。習字の塾は中学に入る前に止めた。だから習字は楷書で終わった。近所の子供も大抵そうだった。

象

小学校の二年生くらいまで、夏休みは憂うつだった。絵日記は描けなかった。エピソードはそんなに無かった。自由研究は何をやったらいいか思いつかず、頭の中で避けているうちにどんどん八月が終わりに近づいていた。父がたまりかねて、木で工作しようと言った。象の置物を作り始めた。本当は私が作るのを父が手助けするのだろうが、父は、太い角材を切った。それは象の胴体になった。針金でばねが作られて、尻尾になった。最後にグレーの塗料が塗られた。結局、どう見ても父の作品である。私は呆然《ぼうぜん》と脇で見ているしかなかった。九月になって学校が始まった。この象の置物はしばらく教室の後ろに置かれた。小学低学年の作品でないのは明らかだった。先生は特別何も言わなかった。私は、後ろめたい気分におそわれて、自分がいやになった。この気分はずっと自分の中に残ることになった。次からは何でも自分で作ろうと決心した。

ソフトボール

夏休みになると集落の子供が集まってソフトボールの練習があった。集落対抗のソフトボール大会があるからである。上級生が倉の家に来て、練習に出るように言った。私はボール投げが苦手だった。練習場所は、駅の近くにある職業訓練学校の運動場だった。コーチはこの学校の講師らしかった。コーチは怖かった。コーチは片腕を失っていた。コーチはボールをグローブで受けると、すぐにグローブを反対のほうの脇に挟んだ。そして、グローブの中からボールを取り出し投球にかかった。

事故

小学校の三年生か四年生頃のある日、私はいつものように万屋の外のベンチに腰掛けていた。万屋の前は堀になっていてその向こうが通りだった。ベンチから通りのほうの視界は木で遮られていた。突然前方で大きな音がした。私はびっくりした。立ち上がって橋の上に出てみると、横倒しのオートバイのそばに初老の男が倒れていた。倒れた男は起き上がろうとしていた。ひざを手で押さえて顔はひどく苦しそうだった。橋から堀のほうを見ると、二人の青年が泥水の中から這《は》い上がろうとしていた。この二人が乗っていたはずのオートバイは堀の中に沈んでいた。やっと私は二台のオートバイが橋のところでぶつかったことがわかった。万屋の主人もすぐに駆け出してきた。すぐに救急車が呼ばれた。救急車が着くまでの時間は長く感じた。万屋の主人は男のひざをタオルで押さえていた。タオルは血でどんどん赤くなっていった。その後の私の記憶は無い。衝突の音を聞く寸前から私の記憶は始まっているが、ここで私の記憶は途切れてしまう。

電　話

母屋の農家には電話があった。土間から座敷に上がるところに据え付けてあった。職場から父への緊急の電話連絡はここに掛かってくることになっていた。電話が来ると母屋の人が父を呼びにくる。たいてい休みの日の前だった。両親が電話を掛ける時は頼んでこの電話を借りた。電話機にはダイヤルが無くてその代わりにハンドルが付いていた。

テレビ

テレビは最初、木の四本脚の付いた白黒テレビが北の部屋に置かれた。民間放送は福岡からの電波が雑音の中でかろうじて映っていた。そのうちに、カラーテレビが買われた。白黒テレビは南の部屋に移された。小学生の頃、朝起きると白黒テレビに「明るい農村」という番組が映っていた。ある日、カラーテレビが故障した。二人の修理技術者が倉の家に来た。その二人はテレビの中を開け、持ってきた部品を畳の上に置いて故障した部分を探していた。修理にはだいぶ長い時間が掛かった。両親はラーメンの出前をたのんだ。二人は恐縮しながらそのラーメンを食べた。結局、小さな部品の故障が見つかって、テレビの故障は直った。

鳥栖

父は鉄道員だった。父は鳥栖《とす》駅で働いていた。この鳥栖駅は、福岡へ行く時に途中で鹿《か》児島《ごしま》本線の博多《はかた》方面行きの列車に乗り換える駅だった。鳥栖駅はとても大きかった。ホームの向こうに機関区や貨物用の線路が遠くまで敷かれていた。鳥栖駅から北に向かうと駅が途切れる前に次の駅のホームになった。機関区には蒸気機関車がたくさんいた。家の近くでは見られない小型の機関車もあった。機関車は機関庫でなく、線路の中にぽつんと止まったままのものもあった。真っ赤な電気機関車もあった。鹿児島本線は電化されていた。クリーム色と薄紫色に塗り分けられた電車や真っ赤な電気機関車が使われていた。鳥栖[8]まで行くとそれらを見ることができた。

父の出勤は早朝だった。八時間働いて、しばらく仮眠して、また八時間働くらしかった。父は弁当箱を二つ持っていっていた。仕事は貨物列車の貨車をつなぎ換える順番を決めるような仕事だと言っていた。帰宅は次の日の午前九時頃だった。父はお土産に駅のホームで売っているシュウマイ弁当をよく買ってきていた。この弁当はご飯が入っていなくて、全部シュウマイだった。

唐津

唐津へは父は何度もオートバイで私を連れていった。途中、小城《おぎ》から長いまっすぐな坂を上って峠を越えると多久《たく》に入った。多久あたりは炭鉱の設備がいくつもあった。道は国鉄唐津線の線路に沿って進んだ。唐津に着いたら虹ノ松原《にじのまつばら》の松林の中を通って、鏡山《かがみやま》の頂上へ向かった。いつのことか、父は唐津へ山越えで行こうと言った。川上から七山《ななやま》を通って唐津へ向かった。途中は道が狭くて難所だった。

鹿児島、広島、福岡

ある時、父が職場の旅行で鹿児島へ行く話をした。話を聞いているうちに、私は、もしかしたら連れていってもらえるのではないかと期待した。しかし、それは妄想だった。父に「お前は行けない」と言われ、夢は消えてしまった。しばらくして、父が旅行から帰ってきた。お土産を入れた手提げ袋に桜島《さくらじま》の写真が大きく印刷されていた。お土産はすぐに忘れてしまったが、それからしばらくの間、その袋の写真を見ながら遠い鹿児島を想像していた。

父は国鉄の仕事の都合で広島へ行って研修を受けることになった。一月《ひとつき》以上だった。一週間か二週間に一度休みの日に家に戻っていた。特急列車で往復したのだろう。広島までの距離を感じた。

福岡の街は大きかった。最初の記憶では、博多駅に両親と自分が立っていた。次の記憶では、博多駅は新しくなって、東のほうに移っていた。ホームからさらに東を見ると遠くまで田んぼが広がっていた。佐賀から博多へ列車で行く途中、博多が近くになると車窓には米軍の基地が続いた。鉄条網の向こうにはくすんだ緑色の軍用のトラックが並んでいた。小学生の頃、博多駅から北に向かう通りを父と歩いた。通りは広くて、その両側に大きなビルが建っていた。ビルはまだ建ったばかりのようだった。ビルの間にはまだ空き地もあった。その日は時々みぞれが降ってきて寒かった。

風景画

小学校は平屋の木造校舎だった。一年生か二年生の時、運動場の端から校舎の絵を描いた。クレヨンで画用紙に描いた。校舎の手前には花壇があって花が咲いていた。暖かい日だった。

そのうち新しいコンクリートの校舎ができてそれに移った。体育館は後から工事が始まった。杭打《くいう》ち機がコンクリートの杭を打ち込んでいた。私はその絵を描いていた。上級生の知らない子供がやってきて、描いている絵と風景が違うと言い出した。工事中だから、杭打ち機の位置は一週間前と違っていた。私は何か答えたが、その子供は突然私の絵筆を取り上げて、絵具のチューブに突き刺した。絵具のチューブに穴が開いて絵具が飛び出した。私は、泣き出した。恐怖と怒りの感情が両方だった。

この頃、学校で評価される絵は、瓦やレンガを一枚一枚違う色で細かく描くような絵だった。でも自分には風景はそうは感じられなかった。どう表現したらいいのか模索が続いた。

五年生の頃、図画の時間は担任の先生ではなく教頭が担当した。屋上から校庭とその向こうの田んぼを描いた。描いていて私は陰の表現がうまくいっていないことを感じていた。教頭は、後ろから二人羽織みたいに、私の筆を上からつかんだ。私も筆の下のほうを握っている。そうじゃないと言いながら、教頭は私の手に逆らって絵を修正した。こういうことは習字の塾ではよくやられていたことだが、何かいやな気分だった。

六年生の頃か、学校のプールと向こうの樹木を描いた。水彩絵具に水をたくさん使って、色彩はわりと自由にした。筆のタッチはすきまがあるくらい大きくした。後で描いた絵の鑑賞会になった。担任の先生はいなくて、他の教室の先生だった。私の絵を手に取ったり、持ち上げたりして、これはいいと言っていた。やっと自分の絵画が評価されてうれしかった。

その頃、銅版画風の制作があった。銅板の代わりに樹脂加工した厚紙が渡された。キリの尖った先端を使って線描した。そこにインクを擦り込んでローラーに通した。細い線の密度で明暗が表現できた。題材は、校舎の窓から見た校門にした。手前の松の木はびっしり描いた。縦の構図で遠近感を縮めて、手前の木の間から校門が見下ろせるようにした。この版画は文集の表紙になった。

オルゴール

小学校の卒業が近づいた頃、担任の先生にオルゴール箱の制作をたのまれた。オルゴール箱はたまに学校の工作の題材になっていた。箱の木材は授業で渡される時にすでに所定の寸法に切られていた。板の表面を彫刻して、色を塗って装飾をした。最後に箱の中にオルゴールをねじ止めしてオルゴール箱ができあがるようになっていた。

この時は授業と関係なかった。先生は私にいきなり板とオルゴールを渡して、記念に作ってくれとたのんだ。以前に授業で使ったものより大きくて良い材料に見えた。私はそれを受け取って家に帰った。私は箱と蓋に木の葉とつる状の細い枝の模様を彫った。たくさんの小さな花も彫った。絵具で黄緑の葉とうす赤い花に彩色した。蓋の裏側はコンロで少し焼いたあと磨いた。木目の模様が出た。最後にニスを塗ってつやを出した。授業で作った時の何倍もの時間を掛けただろうか、オルゴール箱は完成した。このオルゴール箱を先生に渡して、私は小学校を卒業した。

数字

いつの頃か、私は洋紙に数字を書いていた。十から百くらいまでは書けただろうか。それより大きい数を書こうとしていた。百の桁を表すために１００と書いてその後に1、2、3と書き出した。１０1が１００1になっていた。これだと千や万はえらく桁が増えてしまう。母は下の桁はそこに値を重ねて書けばいいことを教えてくれた。

引き算は学校より先に父が教えてくれた。父は例えば15引く7の一の桁のように引く数のほうが大きくて引けない時は、7に対応する数「3」を5に加えるといいと言った。1から9までの数に対応する「後の数」と父が呼んでいた数を直感的にイメージできるように暗記した。学校で先生が説明する引き算の考え方は無視した。結果は同じなので説明のやり方が少し違うだけだろう。

私が小学校の高学年になった頃のある日、学校から家に向かっていると、オートバイに乗った父が後ろからやってきて、私に声を掛けた。父は電卓を買ったと言った。その頃、家庭で買える電卓が売り出され始めていた。家に着くと、電卓があった。二十センチ四方くらいの大きさでボタンが並んでいた。電源をつないでスイッチを入れると、青く光る数字がきれいだった。そのうち、私は足し算や掛け算を暗示するような機構が電卓の内部にあると期待しはじめていた。ある日、私は電卓のねじを外して、中を開けてみた。中に見えたのは、黒い板チョコレートのような電子部品と後は数字を表示するための部品だけだった。期待は外れてしまったが、私は別の衝撃を受けた。それまで、古いラジオやテレビの中を開けてみるとそれなりにいろいろ部品が並んでいた。しかし今、この黒い板のような一つの固まりの中に足し算や掛け算が作り込まれる、すでにそういう時代になっていることを感じた。

中学に入った最初の夏、私は壊れていると思っていた電子部品をまた取り出してみていた。以前、雑誌の記事どおりに部品を集めて組み立てた時の部品だった。うまく働かないから部品が最初から壊れていたのだろうと思い込んでいた。私はその部品をなぜか捨てずに引き出しにしまっていた。ある日、本を読んで、その半導体部品はコンピュータなどの基本的部品だということを初めて知った。単純な0と1の演算をするものだと書いてあった。試しに、乾電池と電圧計をその部品につないでみた。電圧計の針が振れなければ0、振れれば1を示すはずだ。結果は合っていた。その部品は壊れていなかった。0と1だけの単純な演算だったが、私は何かの大発見をしたような気分になった。これを組み合わせていけば、いろいろな処理や計算をする装置を自分で作り出せるだろうと私は思った。

電子部品店

父は私が生まれる前の頃、ラジオの組み立てをやっていたらしい。父はある時ラジオを組み立て始めた。私はそれを見て、自分でもラジオを作ってみたいと思った。書店にはラジオや簡単な電子機器の組み立ての記事が載っている雑誌が並んでいた。小学校の四年生頃にはその雑誌を読み始めた。

それらに必要な電子部品にはなかなか手に入らないものもあった。以前から父が知っていたアーケード街の端の電器店では、部品がそろえられないことが多かった。福岡県の久留米の部品店に父に連れていってもらったこともあった。しかしそこは遠くて頻繁には行けなかった。ある日、家の近くの天満宮で知らない少年と話しているうちに、街に別の部品店があることがわかった。聞いたとおり水ケ江《みずがえ》商店街の端に行ってみるとその部品店があった。狭い店の中にぎっしりと電子部品が置かれていた。これまで欲しくても手に入れられなかった部品がかなりそろっていた。老婦人が店番をやっていた。欲しい部品を書いたメモを渡すと棚からそれらの部品を取りそろえてくれた。これで、自分で作って試せるものの範囲が広まっていった。

福岡へ、父に連れられて部品店を探しに行った。大きな街だからきっと大きな部品店があるはずだと、父と私は思っていた。博多駅から天神《てんじん》にかけて広い通りやそれらしい裏通りを歩き回った。そして、天神の繁華街の裏通りに大きな部品店を見つけた。二階に上がると広い部屋いっぱいに電子部品が売られていた。スーパーマーケットのように自分で棚から部品を皿に集めてレジで精算してもらうのが目新しかった。この頃はこんな風に、下調べもなしで街を歩き回っていろんな店を探すのが普通だった。

楽器　二

小学校にブラスバンドができることになった。ある日、音楽担当の先生がクラスの全員か何人かはわからないが、声を掛けた。楽器を買って参加することを親に相談するように言われた。私は、しばらく考えた。重苦しかった。楽器は、何万円するのだろうか。十万円くらいするのだろうか。その頃には、自分の住んでいる倉の家と近所の家の違いをはっきりと感じていた。私は両親に楽器の話はしなかった。しばらくして、放課後にブラスバンドの練習が始まった。私はそこにいなかった。近所の友達はトロンボーンを買ってもらっていた。金色で大きかった。後になって母親が私に、なんで相談してくれなかったのかと言った。自分が思っていたことは、大人になるまで誰にも言わなかった。

天体望遠鏡

小学校の五年生頃、小遣いを少しずつ貯めていたのが五千円になった。私は天体望遠鏡を買おうと思った。父と街の眼鏡店に行った。この頃はどの眼鏡店でもウィンドウに天体望遠鏡が飾ってあるのが普通だった。その店の二階に案内されると天体望遠鏡が何台も置かれていた。置いてある望遠鏡のハンドルを回すと望遠鏡の筒が滑らかに動いた。でも、そんな望遠鏡は買えるはずがなかった。五千円だとカタログに載っている一番安い粗末なものしか選択肢がなかった。私はこれを買うと父に言った。父は五千円足してくれた。これで一万円の望遠鏡が買えた。

望遠鏡が家に届いて、日が暮れると西の空の明るい星を見た。はっとした。まるい星の周りに環《わ》があった。それは偶然土星だった。月の見える日まで待って、月を見た。見る前に私はクレーターが見えるはずだと父に言った。父はクレーターなんて見えるものかと言った。自分の目で確かめてみると、月の陰の部分と明るい部分の境目にクレーターがたくさん見えた。月はでこぼこしていた。

父は星の位置が書いてある本を買ってきた。その頃木星は夜明け前の空に上がってくることがわかった。ある日、父に午前三時に起こしてもらった。眠かったがなんとか起き上がって外に出た。南の夜空に木星がものすごく明るく光っていた。望遠鏡で見てみると、まるい木星に縞模様が一本見えた。周りにガリレオ衛星も見えた。しばらくして、私は望遠鏡で見えたもののスケッチをとりはじめた。

中学校

小学校の卒業式の記憶は無い。四月になって中学校の入学式の日、男子の卒業生は中学校の詰襟の制服を着て、女子はセーラー服を着て、小学校の校庭にみんな集合した。整列して、校長が演説した。その後、田んぼの中の小学校を出発して市街地の端にある中学校まで歩いた。中学生になることへの不安は無かった。私の頭の中は希望で一杯だった。中学校に着くと入学式が始まった。体育館に隊列を組んで入場した。中学校のブラスバンドの「錨《いかり》を上げて」の曲が大音響で響いていた。私は新しい感覚に包まれた。

新しい土地

私が小学六年か中学校に入る頃には、家を建てるための土地が買われた。倉の家から二キロメートルくらい南だった。佐賀市と神埼郡の境界線をわずかに越えた千代田《ちよだ》町の西の端だった。土地は下犬童《しもいんどう》という小さな集落のそばだった。四軒分ぐらいの土地が造成されていた。周りは田んぼが広がっていた。ある暑い日、両親とその土地に行った。土地にはダンプカーで運んでもらった砂の山があった。三人でその砂を平らに広げる作業を始めた。スコップを使った。私はがんばり過ぎてすぐにばててしまった。母はゆっくりとしたペースで作業を続けた。

しばらくして、家の建築が始まった。大工をやっている親戚に家を建ててもらった。親戚一同集まって餅投げの儀式をやった。屋根からおひねりを投げただろうか。

出　発

引越しの少し前にリヤカーを使って家族で荷物を運んだ。新しい家への引越しは平日だった。朝、倉の家から中学校に向かい、帰りは新しい家に帰った。引越し作業の途中でトラックから机が落ちて物が散乱したらしい。このあたりの記憶は曖昧である。

妹は新しい小学校に通い始めて、すぐに近くの女の子と仲良くなった。私は、住所をもとの佐賀市のままにして、これまでと同じ中学校に通った。一九七四年のことだった。

数ヶ月が経って、父と倉の家に行った。運び忘れたものがないか確かめに行ったのだろうか。土足で暗い二階に上がると畳の上は埃だらけになっていた。いろいろなものが散乱していた。ここに住んでいたのが信じられないような感じだった。もうそこは廃墟だった。

二〇一〇年四月

下犬童

私の十四歳から二十四歳までの記憶をこれから書き記そうと思う。年代にすると一九七四年から一九八五年の間だった。エピソードには理系の用語が多い部分もある。この分野に進もうと思う方々や、すでにこの分野で生きてきた方々には何か伝わるものがあるかも知れない。そう思ってあえてそのまま書き記すことにした。

I　下犬童

石油ランプ

これはずっと前のことである。私が幼い頃のある日、祖母は石油ランプを私に見せていた。石油ランプはガラスと真鍮《しんちゅう》でできていた。真鍮のつまみを回すと芯が上下するようになっていた。祖母はランプのほやに付いたすすを掃除していた話をした。

それははるか昔の時代の物事だろうと思って、私は祖母の話を聞いていた。いや今思い返してみると、それは祖母にとってはちょっとだけ以前のことを話していたのだ。私は、最近になってやっとわかった。同じ物事が、ある人にとってははるか昔のことなのに、違う人にとってはちょっとだけ以前のこととして認識されているのだ。

これから記すことはもう二十七年以上も前のことである。はるか昔の事柄と感じる人もいるだろう。しかし私にとってはちょっとだけ以前の出来事や情景でもある。

その頃

自分がその時代にいた時は毎日が平凡な感じだった。特別に自覚はしていなかった。でも後から考えると、自分にとって激動の時代だったと思う。それは、その時代の平凡と思える出来事の積み重ねが、後の自分を形成していく要素になっていったと私は信じるからである。三十歳や四十歳になってからの自分の行動様式は、すでにこの時代に形成されていたものだと私は思っている。

私の記憶では、その頃は世の中も激動の時代だった。自分自身の変化と世の中の変化の記憶を連動させているからだろうか。もしかすると、私より十年くらい前に生まれた人は、私が思っているより十年くらい前の世の中が激動の時代だったと記憶しているのかもしれない。

家族

下犬童《しもいんどう》は今の佐賀県神埼市千代田町〔9〕の西の端にある小さな集落である。九州北部の佐賀平野の真ん中付近で、佐賀の市街地から東に四キロメートルほどのところである。当時そこは神埼郡千代田町だった。一九七四年に私の家族はここに引越してきた。私はその時、十四歳だった。

それまでは、私の家族は佐賀市兵庫町〔10〕伊賀屋《いがや》の農家の土蔵に間借りして住んでいた。さらにずっと前、私が生まれる前は、父と祖母、祖父は神埼郡神埼町に住んでいたと聞いた。父は鉄道員だった。祖母は写真館の仕事をやっていて、祖父は肖像画を描く画家だったらしい。祖父は床屋とアイスクリーム売りもやっていたらしいが、それらがまともに両立していたかは謎である。神埼町の時代の家はもうなくなってしまっていたから、私は祖母と祖父の時代のことはあまりよくわからない。

一九五九年頃に父と母は結婚し、まもなく一家は神埼郡神埼町から佐賀市兵庫町に引越している。その後一九六〇年に私が生まれている。祖父は私が一歳になる前に亡くなったらしい。私には祖父の記憶は全く無い。幼い頃土蔵の家に掛けてあった三枚の絵だけが私の祖父の概念となった。

母は佐賀郡諸富町《もろどみちょう》の加与丁《かよちょう》というところの生まれである。加与丁は佐賀市蓮池町《はすいけまち》の隣にあった。蓮池は佐賀藩の支藩である蓮池藩の小さな城下町だった。加与丁はその端にある街で赤茶色の格子窓のある民家が通りに並んでいた。蓮池の城下町全体がそういう風景だった。母は佐賀の護国《ごこく》神社の近くにあった計算尺の工場に勤めていた。私が五歳の時に妹が生まれた。この私の一家が神埼郡千代田町の下犬童に引越したのは、自宅がそこに新築されたからである。

新しい家

私の家族の新しい家は木造の一階建てだった。家を新築する話が始まった頃、父は方眼紙に家の間取りの図面を描いた。図面には二階があった。二階にも廊下と部屋があった。そこが私の部屋になるのだろうかと期待した。二階への階段は途中でぐるりと回りながら上がっていくのを私は図に描いた。

しかし、その頃物価が急に上がっていった。住宅の建築費も高騰してきたのだろう。父は、周りに家が無いから二階建てだと台風の時の風が心配だとも言っていた。結局、最初の計画より小さくなって一階建てになった。敷地の半分は庭になった。

新しい家は、南向きの引き戸の玄関から短い廊下があった。その東側が茶の間で西側が仏間だった。廊下の先は台所だった。ここにテーブルが置かれて私の一家は食事をした。台所はだんだん手狭になってきたらしく、父と妹はそのうち茶の間で夕食をとるようになった。茶の間の先は板の間の四畳半があって、私の部屋になった。さらに家の北東の角には畳の四畳半の部屋があった。祖母は仏間に寝た。

新しい家は、引越す前に土蔵に住んでいたのに比べると、風呂も便所も水道も家の中にあるのがうれしかった。もう吹きさらしのバラックの風呂に入ったり、夜、農機具小屋の真っ暗な便所に行ったりする必要もなくなった。母が外の水道から毎日水汲みをする必要もなくなった。夜間電力用の温水器が据え付けられて、蛇口をひねるといつでもお湯が出た。これはちょっと驚きだった。

父が退職してしばらくすると、家の増築が行われた。家の南の面に板敷きの縁側が作られて窓はそこに移された。新しくできた縁側の東の端は父の無線室になった。父はアマチュア無線を始めた。家の東側も板敷きで延ばされて広くなった。仏間の南側の新しい縁側の部分は妹の部屋になった。

下犬童

下犬童は「シモインドウ」と発音する。佐賀の方言では犬は「イヌ」ではなく「イン」と発音する。下犬童はさらに小物成《こもんなり》と本村《ほんむら》、新村《しんむら》の三つの集落で構成されていた。小物成でも戸数三十戸ほどの集落である。本村と新村はさらに戸数が少なかった。下犬童には古い公民館があって、そこに神社の祠《ほこら》があった。集落の中に店は無かった。明治時代にはここに小学校があったらしく道端にその石碑があった。道沿いに農業倉庫があった。当時、集落のほとんどの家は稲作農家だった。

この集落の北に面した田んぼが宅地に造成された。ここに家を建てて私の一家が住むことになった。家からは水路の向こう側に集落の農家が見えた。農家はトタンで覆われたわらぶき屋根だった。水路と農家のそばには竹やぶも見えた。下犬童の北五百メートルくらいのところには上犬童《かみいんどう》という集落があった。上犬童は鳥栖と長崎を結ぶ国道三十四号線沿

南から見た下犬童集落

いだった。

この国道から上犬童の脇を通る道を南に下ると下犬童に着いた。この道は今では片側に歩道のあるような道だが、当時は道幅が狭かった。一九七二年頃、家を建てる予定の土地を見せると言って父が私をオートバイの後ろに乗せて連れていったことがあった。土地を見た後、道をさらに南下していくと、舗装道路はぷっつりと切れていた。その先はオートバイがやっと通れるくらいの細い田んぼ道だった。父も私も驚いてしまった。私の一家の家ができる頃には、その道は南のほうで江見《えみ》線と呼ばれる佐賀と久留米を結ぶ国道につながった。

季節

下犬童のある佐賀平野の四季ははっきりとしていた。下犬童集落の周りは水田が広がっていた。六月には田んぼに水が張られて、田植が行われた。梅雨の間はたくさん雨が降った。稲はどんどん大きくなって、夏には稲穂が微かな黄色い花を付けた。朝にはツバメがその上を低く飛びまわった。

真夏には澄んだ青い空と大きな積乱雲が見事だった。夏から秋にかけては台風が毎年何回か近づいた。田んぼ一面が海のようになってしまう洪水は治水がよくなってほとんど起こらなくなっていた。

秋が深まると、濃い朝霧の日が何度かやって来た。稲刈りが終わると田んぼは耕されて次は麦の種がまかれた。お正月の頃にはそれが小さな芽になっていた。

佐賀の冬は天候が不安定だった。玄界灘[11]からの季節風の影響が強かった。晴れていると思っていると、急に空が暗くなって雨や小雪が降ることが多かった。冬十二月の末から三月の初め頃にかけて数回雪が積もった。その日、田んぼは一面の銀世界になった。夜に雪が降ると次の日は晴れて日射しがあることが多かった。空は青くて、田んぼ一面の雪はまぶしかった。雪はたいていその日のうちに解けて無くなった。真冬でもまれに暖かい日があった。昼下がりに一瞬、春のような感じがする日があった。

春三月になると寒い日の間に暖かい日が増えた。春が来るのは早かった。遠くの景色は青くかすんで見えた。地平線近くの空は青空と雲の境がはっきりしなくなった。空いている田んぼには一面のレンゲソウの花が咲いた。道を歩いていて、どこから鳥の声が聞こえるのだろうと探すと、ひばりが麦畑の上の空中で羽ばたいていた。五月には麦は明るい緑色から金色に変わった。風が吹くとその金色の帯が光りながら幾重にもなって流れていった。

鳥

下犬童のあたりには真っ白なサギが飛んでいた。サギは田んぼの間にある堀の浅い水面に静かに立っていた。私はサギに近づいてみようとした。するとサギは大きく羽ばたいた。サギは水面近くを滑空しながら飛んでいってしまった。

サギは冬になると食べ物を探すのが大変らしかった。トラクターで田んぼが耕されていると、トラクターのすぐ後ろを数羽のサギが縦に並んでついていった。サギは掘り返されたばかりの土から食べ物を探していた。警戒心の強いサギだが、トラクターとそれに乗っている人は例外なのだろう。

佐賀平野には黒い羽に白い羽が交ざったカササギがたくさんいた。カササギにもなかなか近づけなかった。カササギは時々高圧線の鉄塔の中ほどや電柱の上に大きな巣を作った。

山々

下犬童からは遠くがよく見えた。田んぼの間に出ると、四キロほど西のほうに佐賀の街並みがそのまま見通せた。街まで途中に集落や木々など遮るものが無かった。南の遠くには有明海《ありあけかい》を越えた向こうに長崎県の雲仙の山がうっすらと見えていた。雲仙の普賢岳《ふげんだけ》はその後大爆発があって、形が変わってしまった。海から立ち上がって当時も急だった東側の斜面は噴火の溶岩で盛り上がった。

下犬童から北のほうには脊振の山々が見えた。北西には天山があった。下犬童から見る

下犬童から見た天山

山は、以前兵庫町に住んでいた頃に比べると少し小さく見えた。山はほとんど常緑の針葉樹に覆われていて、落葉樹は少なかった。

山は一年を通して青く見えていた。冬に雪が降ると山も真っ白になった。低い山の雪はすぐに解けてなくなった。天山と脊振山の山頂あたりは、しばらく解けずに白い雪が見えていた。

西風

冬になるといつも北西から冷たい季節風が吹いた。天気予報ではいつも強風波浪注意報が出されていた。ちょうど天山のほうから吹いてくるから、「天山おろし」という名前も

本村の妙専寺

付いていた。これは自分が入った高校の応援歌の歌詞で知った。家から学校へは西へ一本道だった。風の強い日は自転車通学がつらかった。ペダルが重くてたまらなかった。

東のほう

下犬童から東に向かう道があった。五百メートルくらい進むとお寺のある小さな集落があった。このあたりを本村といった。寺は妙専寺《みょうせんじ》という名前だった。中地江川《なかちえがわ》という川の土手に出た。この川にかかる橋を渡るとその先には広い空間が広がっていた。南北三キロメートル、東西一キロメートルくらいだろうか。とにかく田んぼだけが広がっていた。いくつもの高圧送電線がこの空間の中で交差していた。大きな鉄塔がたくさん立っていた。鉄塔のはるか向こうには脊振山が見えていた。

この広い空間の中にいると、遠くの集落まで視界を遮るものは何も無かった。視界の中にはだれもいない。音もほとんど聞こえなかった。この中に自分はひとりぽつんと立っていた。自分の家の近くにこんな風景があるのが不思議だった。以前住んでいた兵庫町あたりには無い風景だった。そこから少し細い一本道を東に進むと姉本村《あねほんむら》という集落に着いた。道は国道の江見線につながっていた。そこから南にある原《はら》の町《まち》集落あたりはちょっとだけにぎやかな感じがした。昔の長崎街道の宿場町だったらしい。

西のほう

下犬童から西に細い道を進むと佐賀市兵庫町の柴野《しばの》という集落に行くことができた。道は柴野で国道に出た。この道は車の通れない田んぼ道だったが、だんだんと整備されて車の通る道になった。柴野の集落には消防学校ができた。家からはその消防学校がちょうど天山の手前に見えた。消防学校には鉄筋コンクリートの塔が建っていた。その塔からロープで下りる訓練が行われた。真夏の暑い日に、訓練の掛け声が下犬童の家まで聞こえていた。

祭り

下犬童では夏に「セントウロウ」という祭りがあった。主役は小中学生の男の子供である。女の子供の祭りは別にあったらしい。公民館に子供が集まって、祭りの準備の手順が決められた。祭りに使う瓦せんべいは南の仲田町《ちゅうだまち》の菓子屋に注文された。子供二人組で各家を回ってお金を集めただろうか。私は中学生になってここに移ってきたので、祭りの段取りはよくわからなかった。

公民館には拡声器が取り付けられていたが、マイクロフォンだけがなぜか無かった。私は自分の家にあったマイクロフォンを持っていった。私は高校生になると祭りに参加しなくなった。その後も祭りの季節になると、子供会のだれかが両親の住むこの家に来てマイクロフォンを借りていったらしい。

南のほう

下犬童の南側は広い田んぼが続いていた。二キロメートルほど行くと仲田町という集落があった。そこには小さなスーパーマーケットがあった。ここで国道の江見線を越えてさらに南に二キロメートルほど行くと蓮池の町に着いた。蓮池のさらに南にくっついて母の実家のある加与丁があった。このあたりに来ると北に見える脊振の山々は明らかに小さく見えた。蓮池に行くには江見線を少し東に進んで、原の町の少しにぎやかなところから南に進む道もあった。

加与丁の親戚では正月に宴が開かれた。私は中学生になると宴が開かれた後は泊まらずに家に帰るようになった。私は夜道を加与丁から下犬童の家に向かって自転車で走った。

そのような夜は月が出ていることが多かった。真冬の満月は天頂からあたりを照らす。星も見えていた。何もかもが青白く見えた。昼間の景色のようだった。見上げると、道路のすぐ脇の高圧線の鉄塔は月明かりに照らされていた。それはとても大きくて怖かった。

北のほう

下犬童の北にある上犬童の集落から国道三十四号線を越えて長崎本線の伊賀屋駅に行くことができた。歩いて三十分ちょっとくらいだった。国道を越えた先は最初かなり細い田んぼ道のような道だった。この道は十四歳まで住んでいた伊賀屋という集落を西に望みながら北上した。以前住んでいたところはすぐ近くだったが、もうそこを見に行くことはなかった。駅への道の途中の集落で小さな神社の脇を通った。神社には大きな楠《くす》の木があった。

集落の中

下犬童の集落の中は農家と農家の間を狭い道が通っていた。細い道を農作業用の軽トラックが走った。農家には水色のペンキが塗られた小屋があった。漆喰《しっくい》の土蔵のある農家は無かった。堀と呼んでいた細い水路はほぼ集落を囲むようになっていた。水路沿いには樹

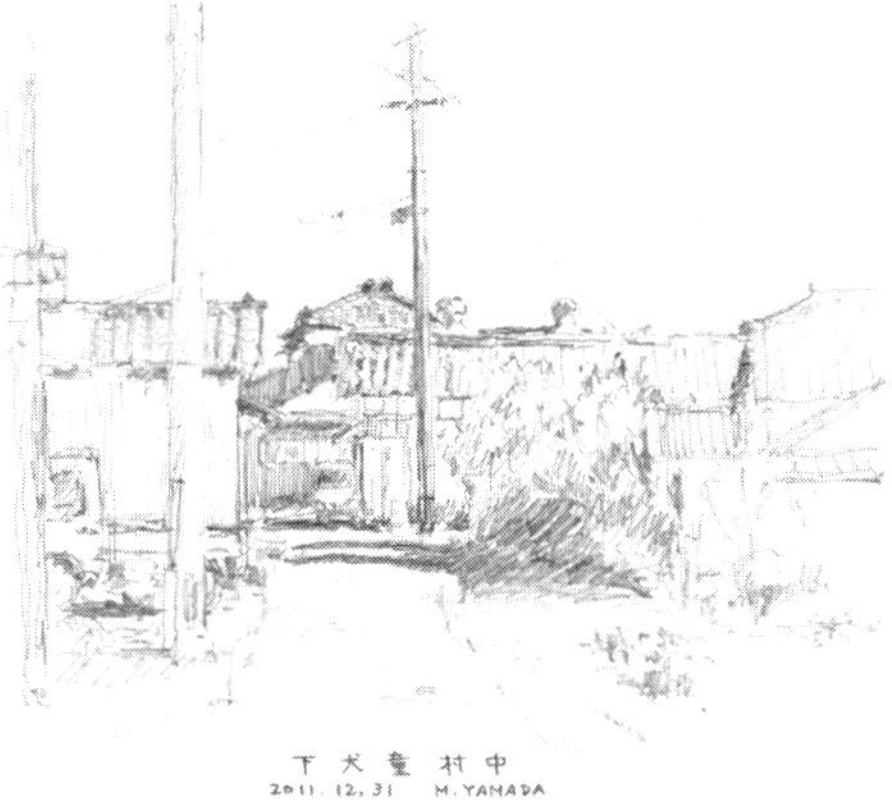

下犬童集落の中

木があった。それ以外のところには樹木は少なかった。水路の静かな水面には樹木と空が映っていた。

買い物

下犬童には万屋が無かった。ちょっとした買い物は北の国道沿いまで行くか、南の仲田町のスーパーマーケットに行った。北の国道に出ると姉川《あねがわ》のバス停のところが万屋だった。私の家の前はまだ空き地になっていた。そこへ、移動マーケットが週一回やってきていた。トラックの荷台に商品が積まれていて、そこにステップで入れるようになっていた。移動マーケットが来ると、トラックのスピーカーから音楽が流れた。それを聞いて集落の人々がここへ買い物をしにやってきていた。

庭

庭は最初半分くらい砂利が敷かれて、そこに父のオートバイが置かれた。残りの部分は畑にしてネギや唐辛子などが育てられた。敷地の西端に小さな桃の木が植えられた。次の春にはその花が咲いた。後になって庭の西半分に和風庭園の部分が作られた。庭石が置かれて、松の木が植えられた。センリョウとマンリョウの小さな木もあったが、母は植えたものではないと言った。鳥が種を運んできたのだろう。鳥はめでたいものを運んできてくれる。

庭の東よりには瓦屋根の小さな小屋が作られた。父のオートバイはその中に置かれるようになった。普段使わない物もこの中に片付けられた。庭の南東の隅には小さなコンクリート製の焼却炉が置かれた。当時はごみの回収が無かった。ごみは個人の家で燃やしても良いことになっていた。焼却炉を設置する時に役場から補助金が出るようなことを父が言っていた気がする。

庭の東側には無線のアンテナ用の鉄塔を建てた。趣味の無線は私が中学生の時に免許を取ってしばらくやっていた。最初は鉄パイプを自分で組んではしご状の塔にした。塔はロープで四方に引っ張って支えた。塔の上にはアンテナを取り付けた。しかしこれが、上に上って作業しようとすると塔が曲がって危険なことがわかった。素人が考えたものはあぶないということで、三本の鉄材をトラス状[12]にした鉄塔を注文して建てた。

この鉄塔は所定の加工がなされた鉄材とボルトが送られてきて、それを自分で組み立てて建設するものだった。鉄塔を建てる深い穴は父がスコップで掘った。二メートル半くらいずつの鉄塔の部分を地上で組み立てた。それを滑車でつり上げて鉄塔を上に伸ばしていった。部材は五段組み上げて、鉄塔の高さは十メートルになった。鉄塔の上にはアンテナとその回転用のモーターを取り付けた。鉄塔は上まで上ると安全ロープを付けていても足がすくんで怖かった。私が大学生になる頃にはこのアンテナは使われなくなった。その代わりに父がモールス符号[13]で通信する無線の免許を取ってそれをずっと続けた。

銀河

夜になると星がたくさん見えた。夏には頭上に天の川がはっきり見えた。天の川は南の低い空のいて座あたりから、真上の白鳥座を通って、北の空に向かっていた。白鳥座のあたりでは天の川が二本に分かれていた。天の川は双眼鏡で見ると星がびっしりたくさん見えた。この天の川の方向、星の多い方向が銀河系の平面を示す方向だ。じっと眺めていると、銀河系が空をななめに横切っているのではなくて、今自分が銀河系の平面に対して斜めに立っているのに気づいた。私は天の川の東側にあるイルカ座が好きだった。小さくてちゃんとイルカの形に見えた。子馬座も見ていたが、これはただの三角形だった。

ヘルクレス座[14]にある星団を望遠鏡で見た。球状星団といって、銀河系のへりにあるものらしい。星は丸い空間に隙間が無いくらいに集まって見えていた。あの中に入って空を眺めたらどんな風に見えるのだろうか。空いっぱいに無数の太陽が見えるのだろうか。

秋になるとアンドロメダ星雲[15]も見えた。ぼんやりしたとても小さな雲のように見えた。双眼鏡だと米粒形の小さな雲のように見えた。銀河系の隣にある小宇宙だ。自分のこの目で、宇宙の結構遠いところまで見えるものだと思った。

冬にはすばるを見ていた。私は、すばるの星がいくつ見えるか寒い中がんばって見ていた。明るい星は六つあった。かすかな星まで数えると十個ほどまで数えることができた。星がたくさん見えるところに生まれたのは幸せだった。私の中で、「自分が観測できる範囲が自分にとっての宇宙である」という概念が形成されていった。

台風

下犬童に引越してきた次の年だったか、大型台風の直撃を受けた。その夜になって、家の外は激しい風の音が断続的に続いていた。突然、ガシャンという大きな音が聞こえた。私は天体望遠鏡をうっかり軒先に置いたままにしていたのに気づいた。しまったと思ったが、危険なのでその夜は外に出られなかった。

次の日の朝になって台風は通り過ぎた。家の外に出てみると、庭の砂利の上に天体望遠鏡が倒れていた。天体望遠鏡には小さな副望遠鏡が付いているが、望遠鏡はそれを下にして砂利の上にたたきつけられたらしい。副望遠鏡は望遠鏡の筒の中にめり込んでいた。

私は望遠鏡を分解してみた。幸い一番重要な反射鏡は無傷だった。望遠鏡の一部がめり込んで衝撃を吸収したからそれ以外の部分は被害がほとんどなかったのだろう。私は、へこんだ望遠鏡の筒をハンマーでたたいて修理した。その後にさび止め塗料を塗った。反射鏡やその他の部品を取り付けて、望遠鏡はだいたい元の姿になった。

私は望遠鏡の光の通る中心軸の位置調整をやった。望遠鏡は元のような星の像が見られるようになった。望遠鏡に修理跡が残ってしまったのは少し残念だったが、それよりも望遠鏡の修理や調整をやれたことが私はうれしかった。

イタチ

下犬童の家のあたりにはイタチがいた。イタチは小さな狐《きつね》のような動物である。しっぽがとても長くて大きいから猫とはすぐに見分けがつく。イタチは用心深いからその姿を見ることは非常に難しかった。イタチを見るのは数年に一度ぐらいだった。

ある日、私は夜明け前に庭で天体観察をしていた。庭の砂利の上に望遠鏡をすえた。私は足踏みミシン用の三本脚の椅子に座って、望遠鏡の接眼レンズ[16]の中を静かに見つめてい

下犬童から東を望む

た。そのうちに少しずつ夜が明けてきて周囲が明るくなってきた。薄明るくなった接眼レンズの視野の中にまだ星は見えていた。突然私は、何かの気配を感じた。足元を見ると、私のすぐ近くにイタチがいた。私の体が動いたのを見てイタチはものすごい速さで田んぼのほうに消えていった。

　その後イタチが下犬童の家の天井裏を走っていた時期があった。実際に見たわけではないが、間違いなくイタチである。天井裏を走るということは、壁の間の隙間を床下から天井裏へ上るイタチの通路のようなものがあるのだろう。家の中に人間のいる空間ともうひとつ別にイタチの縄張りの空間が存在していた。その二つは決して交わることは無かった。夜、蒲団《ふとん》を敷いて寝ていると、時々、突然天井からバタバタと何かが走り回る音がした。ちょっとびっくりするが、それ以外に困ることはなかった。イタチがいることはネズミよけになっていたはずだ。

ピアノ

これは後の時代の話である。縁側の西の端には中古のアップライトピアノが置かれた。私の家族の中でだれもピアノを弾いていなかったがなぜかピアノが置かれて、毎年調律の人が来るようになった。私がピアノのレッスンを受け始めた話をした頃だろうか。私はすでに就職して東京に住んでいた。母方の一番下の叔母は何度かこのピアノを弾いた。叔母は幼稚園の先生をやっていた。私がバイオリンを持って帰省していた時に、叔母がピアノ、私がバイオリンで日本の童謡を合奏して遊んだ。家には父が買っていた童謡の歌集がいくつかあった。私の好きな「砂山」や「荒城の月」を合奏した。

父はピアノに何かの思い入れがあったのだろうか。下犬童に引越す前に妹用の電子オルガンが買われた時も、オルガンの教本に父の書き込みがあったような気がする。

妹

妹は私の一家が下犬童に引越してきた時、小学三年生だった。妹は転校して千代田町の西部にある小学校に通い始めた。すぐに新しい友達ができたようだった。私が鹿児島に下宿していた大学生の時に妹は佐賀市内の高校に通い始めた。私は帰省した時しか妹を見なくなった。半年ぐらいごとに見る妹はいつの間にかどんどん大人になっていった。妹は時々お菓子を作っていた。デコレーションケーキを作ったのだろうか。台所が粉だらけになっていた。

妹は、高校で放送部に入部していた。私のように放送機器に興味があるわけではない。アナウンスが活動の対象である。妹はアナウンスの大会に出ていたような気がする。妹はアナウンスや朗読ができるようになった。

父は妹のことを一時期「はっちゃん」と呼んでいた。そのうちその呼び名は「はち」に変わった。

脊振

ある夏、私は自転車で脊振山に登った。神埼から北に向かって、下犬童のある平野から脊振山地に入った。坂道をずっと登ると広滝《ひろたき》という少し大きな集落があった。小さい頃父のオートバイに乗せられて脊振山や北山《ほくざん》ダムに行った頃から憶えていた集落である。広滝には店が何軒かあった。出張所のようなものもあった。ここから東に向かっていくつかの小さな峠を越えると脊振山に通じる道に出た。夏の暑い日だった。

脊振山の頂上に向かう道は急な坂のつづら折りになっていた。自転車に乗って進むことはできず、私は自転車を押して坂を登った。そして、脊振山の頂上直下に着いた。私はそこで自転車を置いて頂上まで歩いた。頂上には小さな祠があった。私が小さい頃父に連れられて行った時と同じ風景だった。

帰りの自転車はほとんど惰性だった。帰りは広滝に向かわず、脊振山の真下から直接に三田川町《みたがわちょう》のほうに下ることにした。しばらくなだらかな下りが続くと、眼下に平野が見えてきた。そこからとても急なつづら折りを自転車で下った。ヘアピンカーブがずっと続いた。私はあっという間に佐賀平野の平面に帰り着いた。真夏に自転車で山に登るのは体にこたえた。家に着くと私は軽い熱中症の症状になった。

私は、脊振山地の標高三百メートルから四百メートルくらいのところに少しなだらかで広い空間があることをその時に知った。地図で見ればわかることだが、自転車で走ってみて斜面を感じることでそれがはっきりした。いつも佐賀平野から北のほうに見える山地は高さがそろった壁のようになっている。その向こうに標高が高いがなだらかな空間があったのだ。広滝などの集落はそこにあった。標高千メートルくらいある脊振山はそこからさらに立ち上がっているのを知った。

中学 一

引越しの後も私の住所は以前の佐賀市兵庫町のままに残してあった。通っていた佐賀市内の中学校に通い続けるためである。その頃は神埼郡からだと佐賀市内の高校が受験できないのが一番の理由だったと思う。その中学校は市街地の東の端にあった。校舎は木造の二階建てでかなり傷んでいた。冬には風が廊下に吹き込んで寒かった。だれかが喧嘩《けんか》で暴れて壁を蹴ると壁の板が割れて穴が開いた。便所小屋は校舎の外にあった。

中学校までの距離は引越しの前とあまり変わらなかった。私は以前と同じように自転車で中学校に通った。冬になると手足の指にしもやけができた。母は毛糸の手袋を作ってくれた。茶色で大きなミトン型の手袋だった。それでも雪の降るような日は手の指の外側が冷たくて痛くてたまらなかった。

号令

中学二年生の時に学校の生徒会長の選挙があった。私はクラスの中で候補になった。選挙活動のポスターを自分で作った。ポスターには「信じる者は救われる！」と大きく書いた。後から考えるとかなり怪しい内容だったが、貼られた学校の廊下では確かに目立っていた。候補者の演説大会は講堂で行われた。私は大きな声で訴えかけた。生徒による選挙の結果で私は生徒会長になった。

毎週月曜に校庭で全校朝会があった。先生の話が始まる前に私は壇上に立って生徒全員に号令をかけた。私の号令どおりに八百人くらいの中学生が動いた。小学生の頃は私をいじめていた連中も私の号令のままに動いた。八百人が自分の意のままに動くのは不思議な感覚だった。これはある種の快感なのだと思った。もしこれが、百万人や一千万人だとどうだろうかと思った。過去の歴史に登場した扇動者や独裁者はどんな気分だっただろうか。

この生徒会も私の任期が終わる頃には、他の生徒会委員から私への批判が強まった。私が選挙公約を実現していないということだった。

そういう理由でもないが、私は高校生になると生徒会には興味が無くなった。その頃には私は、政治的な活動ではなくて、科学技術によって社会を変革していく立場の人間だと思うようになっていた。

中学 二

中学校では最初サッカー部に入っていた。中学に入学したら何かの運動部に入部しないといけない雰囲気だった。しかしどうも私は長距離走以外の運動は苦手だった。講堂の裏の壁がくぼんだ部分がサッカー部の部室になっていた。そこに入れるのは上級生だけだった。一年生は外だった。ボールを蹴る基礎練習が始まった。あとはグラウンドの端に並んで先輩に掛け声をかけた。

そのうち私は蹴り方が悪くて足をいためた。ヘディングをすると鼻血を出した。結局私はその練習がつらくて一年生の秋にはサッカー部をやめることにした。サッカー部をやめたいと顧問の先生に言いに行く時はかなり緊張した。サッカー部をやめると私はだいぶ気が楽になった。

しばらくして私は科学部というサークルを友人数人で結成した。理科準備室の鍵を先生から預かった。私は毎日放課後に理科準備室に行って理科の実験を勝手にやった。顧問の先生はほとんどいなかった。理科準備室の棚の薬品は勝手に使った。

理科準備室にあった本のどこかのページにある化学反応が記述されていた。ある酸化物と金属から別の金属が生成される化学反応である。酸化物は理科室の棚にあった。しかし、その金属の粉末は理科室には無かった。私は、工作用の板をヤスリで削って粉末を作ろうと言った。友人と三人で交代しながら板にヤスリをかけると、板は少しずつ粉末になった。その粉末と酸化物を注意深く混ぜて、マグネシウムリボンで包んだ。これを空き缶の中に入れた。この空き缶は校舎の裏の地面に穴を掘ってその中に置いた。反応が激しいと危ないから外の地面で実験しようというくらいの気持ちだった。

三人のだれだったかは忘れたがマグネシウムリボンに点火した。マグネシウムは閃光《せんこう》を放ちながら燃えたがそれで終わりだった。二回目はマグネシウムの量を増やした。点火した後の閃光はかなり大きくなって、見ていられないくらいになった。今度もこれで終わりかと思っていたら違っていた。白い閃光は突然オレンジ色の火柱に変わった。

火柱は火花でできていた。火柱は子供の背丈ぐらいになった。思っていたより反応が大きすぎた。三人は後ずさりした。反応が終わってから地面の穴を調べると空き缶の下半分が熔けて無くなっていた。地面の穴には金属の塊ができていた。火事やけがにならなくてよかった。これからは危ないことはやらないようにしようと思った。

私は顧問の理科の先生からいろいろな話を聞いた。いつも白衣を着ている少し年配の先生だった。その先生は、自分が教員になったきっかけは知人に急に頼まれて代役をやったのが始まりだと話した。私は意味がよくわからなかった。大学を出て採用試験を通った人だけが教員だと思っていた。なりゆきから正式の教員になれるのだろうか。私は何か混乱した時代が数十年前にあっただろうことを想像した。

放送部

私は中学校で放送部に入部した。この放送部は体育系や文科系サークルの課外活動とは別の組織だった。ラジオ番組制作やアナウンスの大会に出るような活動はやっていなかった。放送室からの校内放送のアナウンスや学校行事の放送機器の操作が活動の内容だった。放送室は職員室の近くにあった。木の扉を開けると左側に操作卓が備えられた狭い部屋があった。操作卓はかなり古いものだった。つまみやボタンが並んでいたが、その半分くらいは機能していなかった。その部屋の先にはスタジオだったはずの部屋があった。そこは物置のようになっていて、もうずっと以前からスタジオとしては使われていないようだった。この放送室には屋外が見える窓はなかった。電灯を消すと真っ暗で外の音もほとんど聞こえなかった。

私はいつも朝早く学校に行って放送室に入った。始業ベルが鳴る前の少しの時間、ポピュラー音楽を各教室のスピーカーに流した。私は独りで放送室にいるこの時間が好きだった。

ある日、運動場で使うワイヤレスマイクのアンテナを作ってくれないかと顧問の先生が私に相談した。当時使われていたワイヤレスマイクは電波の受信状態が悪かった。全校朝礼の最中に音声が途切れることがかなりあった。私は、先生からいくらかのお金を受け取って、ケーブルやアルミニウムのパイプを買ってきた。私は、その材料を使って自分で考えたアンテナを作った。完成したアンテナは体育館の壁に取り付けた。

しかし、このアンテナの性能は良くなかった。これでも、やはりときどき音声が途切れた。結局、体育館の二階の窓から電線を垂らしただけのアンテナと性能は変わらなかった。先に実験をやって結果を確認して、それから物を作らないといけないということを私は強く思った。

体育館の外壁には丸い大時計が取り付けられていた。いつか、この時計が止まった。私は友人と二人で体育館の一階部分の屋根に上った。大時計を壁から取り外して、裏蓋のねじを外すと中に古い電池が入っていた。私はこの電池を交換した。僕らは特殊工作隊なのかと友人は言った。

風景画　一

私は中学二年の頃に自分の風景画を進歩させた。それ以前の私の風景画は遠近法が不十分だった。自分でもどうしたら良いのかわからなかった。中学一年の時、美術の時間に正確な遠近法を習った。木組みの椅子を前や斜め上、斜め下から見たように作図する練習があった。中学二年の夏休みの宿題は農家の農機具小屋を水彩絵具で描いた。手前に灰色の地面、ドラム缶を描いた。その先に農機具小屋の入り口があった。その奥は薄暗かった。

二学期が始まって私はその絵を提出した。しばらくして、美術の先生が廊下で私を呼び止めた。先生は私に、あの絵をもう一回描き直して県展に出展しないかと言った。先生は熱く語りかけた。しかし、その頃の私は絵画よりは無線や電子工作のほうに熱中していた。私はだいぶがんばっていろいろ理屈を考えて描き直しを断った。先生もだいぶがんばったが最後にはあきらめた。私はひとつのチャンスを逃したのかもしれない。でも多分先生から言われて気が乗らない中で絵を描いてもうまくいかなかっただろう。私が、自分の意志で絵を描くのはもう少し後の時代になってからだった。

風景画　二

中学校時代には毎年一回市のスケッチ大会があった。その日一日は佐賀市の城内の公園で屋外スケッチをすることになっていた。公園には他の学校の生徒も来ていた。私は公園の中で気に入った構図の風景を探すのに手間取った。やっと描き出したが、私は画用紙の端から細かく描き始めた。鉛筆で下書きをして、水彩絵具で描いた。空と遠景のビルは描き終えたが、手前の樹木の葉を細かく描いているうちに時間切れになってしまった。樹木の描き方で葉を一枚一枚とらえようとするのは無理があると私は感じた。

次の年の時は、私は端からではなく全体を少しずつ仕上げていくことにした。樹木の描き方は枝と葉の大きなかたまりを球体に置き換えることにした。この球体を組み合わせて樹木とした。今度は時間切れになることはなかった。しかし、画面の中での表現の統一性がいまひとつだった。雲や建物は普通のデッサンで、樹木だけがキュビズム風になってしまった。

高校生になるとスケッチ大会には参加しなくなったが、学校が城内にあったから美術の時間は堀端でスケッチができた。私はこの時初めて透明水彩絵具を使った。この頃になると私は画材店に行って使ったことのない画材を探した。これらの絵具の発色は鮮やかだった。筆も使いやすかった。文房具店でなく画材店にある画材を使うようになったら、私の小学校の頃からの表現の悩みの一部は解決した。

私は堀の水面と手前の樹木を透明水彩で描き始めた。最初は不透明水彩のように絵具を濃いまま重ねた。画面は濁ってかなり暗くなった。美術の先生はこの絵具だともっと薄く色を重ねるといいと教えてくれた。私は筆のタッチをかなり大きくして、樹木の明るいところは塗り重ねを少なくした。暗いところは原色に近い色を重ねていった。この時初めて、透明水彩では白い色は画用紙の白い面をそのまま使うということを理解した。絵具はパレットで混ぜないで画用紙の上にうすく塗り重ねたほうが色は濁らなかった。透けて見える中間色は明るくて美しかった。

絵皿

中学の美術の時間は工芸作品の制作もあった。ある時、絵皿の制作があった。素焼きの皿が渡された。私は顔料で柿の絵を皿に描いた。写実風の柿を二つ描いた。顔料は焼く前と焼いた後で色が違う。出来上がりを想像しながら顔料を厚めに塗った。数週間して絵皿が出来上がってきた。柿の実の肌は鮮やかな赤に混じってくすんだ灰色の発色の部分もあった。偶然か、思っていたより質感のある柿になった。

祖母

祖母は下犬童に引越した後、衰えがはっきりしてきた。愚痴を言うことが多くなった。引越して最初の正月の朝に、祖母は亡くなった祖父の夢を見たようだ。祖父と暮らしていた頃と今を比べてそのことを愚痴のようにしゃべっていたと思う。父は祖母に向かって声を荒らげてしまった。祖母が若い頃旅行して集めた小物や祖父の描いた絵は、引越しの頃失われてしまっていた。

夏の晴れて暑い日だった。その頃、祖母は私にスイカを買ってきてあげるとしきりに言っていた。祖母は乳母車を押して理髪店に行くと言って家を出ていった。祖母はその日帰らなかった。夜になって両親と私は祖母を捜した。祖母は理髪店からの帰りで消息がわからなくなっていた。理髪店は長崎本線の伊賀屋駅近くにあった。そこから下犬童の家まで二キロメートル以上あった。懐中電灯で途中の道ばたや水路を照らして捜した。両親も私も冷静だった。結局その夜には見つからなかった。

次の日も晴れて暑かった。祖母が通ったはずの上犬童集落の人から連絡が入った。私は急いで母らと祖母が見つかったという場所に向かった。向かう途中、私は状況を周りの人に聞いた。でもだれもはっきりと答えてくれなかった。その場所は理髪店から家までの経路からだいぶ東にそれた場所だった。小道が水路に面して直角に曲がっていた。祖母は背中だけを水面から出していた。動いていなかった。

周りにはたくさんの人が集まっていた。しばらくして父は祖母を水面から引き上げた。祖母は目を強く閉じて、手は水草を握り締めたままだった。祖母は道に迷っているうちに乳母車ごと水路に落ちてしまったのだろう。そばにはスイカが浮いていた。理髪店からの帰りに八百屋で買ったはずのものだ。そのスイカはそのまま祭壇の供え物になった。私はそれから数年間はスイカが食べられなかった。

祖母の遺品に写真館用の大判カメラ[17]のレンズがあった。古くて、ドイツ語で何か刻印されていた。私はそのレンズに筒を付け足して普通の一眼レフカメラ[18]に取り付けられるようにした。おおざっぱだが二重にした筒を抜き差ししてピント調節ができるようにした。私はそのレンズを使って、家の前で遊ぶ妹や遠くの景色を白黒フィルムに撮った。

風速計

中学三年の時、夏休みの自由研究として風速計を作った。当時、私は中学一年の頃からディジタル回路[19]の実験を始めていた。風の力で軸を回す。私はその軸に発光ダイオード[20]と光センサーを付ければ、軸の回転がディジタル的な信号に置き換わるだろうと思った。あとはその信号を一定の時間数えればいいだろう。私は、そのための電子回路を考えて、作ってみた。数えた結果は数字の表示ができるネオンランプ[21]で表示するようにした。

うまくできなかったのは風を受けて回る軸の軸受けの部分だった。精密な機械加工やベアリングを使った機械工作は私には無理だった。だから機械的な部分は、手に入る部品を組み合わせてがまんした。結局、風の強さに比例して数字が表示される装置はできた。ただし弱い風では機械部分の摩擦が大きすぎて動作しなかった。本当の風速の値と表示される数値を合わせる調整もやっていなかったが、私はこれを学校に提出した。

この風速計はその年の県内の理科作品展に出展された。そして学生科学賞の佐賀県代表になった。新聞に私の写真と記事が載った。ここまではよかった。しかし、全国審査の結果は散々だった。電気部分の工作精度は認めるが、機械部分の機構が不十分というものだった。全国審査の審査員の人はたぶん東京にいるのだろう。中学生に向かって市販の精密機械と同じような電子回路と機械部分両方の完成度を求めているのだろうかと私は思った。ただ、装置を作った後の実測値の評価についての不十分さは指摘されたとおりだと思った。

高　校

私は、佐賀市の城内にある県立高校に通った。中学二年の頃その敷地の脇を通ったらコンクリートの古い感じの校舎が見えた。受験の時には完成したばかりのような新しい鉄筋コンクリートの校舎だった。椅子も机も新しかった。入学試験に合格してほっとしていると、入学説明会で教材を渡された。入学式の次の日はその試験だと言われて、私は一気に暗い気分になった。この高校へは、家から自転車で通った。家からの距離は六キロメートルくらいだろうか。歩道の無い旧国道三十四号線を一直線に自転車をこいだ。

高校生活は試験が多くて苦労した。中学の時は、各期の中間と期末の試験前に一週間くらい勉強して、それでどうにかなっていた。高校ではそれが通用しなくなった。だんだんと科目の成績は悪くなって、三年生になると英語が規定の点数以下のいわゆる「赤点」になってしまった。追試を受けさせられて少しみじめな気分になった。

それでも物理や地理などの教科は九十点以上採れていた。興味があることについては授業の内容は物足りなかった。地理はクラス分けの都合で、一年と三年の時に同じ先生の全く同じ内容の授業を受けるはめになってしまった。それで、三年の地理の時間は友人と三人並んでずっと居眠りをしていた。世界史は中世ヨーロッパが専門の面白い先生がいた。皆は中世ヨーロッパのいろんな逸話を楽しみにしていた。先生は、中世は普通よく言われているような暗黒の時代ではなかったと教えた。ある時、先生の都合で他の先生が授業を代わった。この人は年代と出来事をただ黒板に並べていくだけだった。無意味な感じがした。

体育でやる武道は柔道だった。これは一番苦手だった。クラス対抗試合ではあっという間に投げられてしまった。武道場の冬の畳は冷たかった。

芸術は希望どおりに美術選択になった。本格的な石膏《せっこう》像のデッサンがやれた。二年生になると油彩画とデザインのどちらかが選択できた。私は、油彩画は自分でも後でやれるだろうと考えてあえてデザインを選んだ。カレンダーやレコードジャケットのデザイン画を描いた。時々自分の絵が調子悪くなって、どうしても思いどおりに描けなくなることがあった。数ヶ月するとまたなぜか調子がよくなった。自分の調子にこのような波があることを納得した。

理科の地学では天文学の実習があった。まず教室で金星の位置を計算で求めた。その後屋上に並べた望遠鏡の目盛りを計算した値に合わせて、金星を探すというものである。昼間だから金星は肉眼では見えていない。計算と機器の操作で見えない天体を導入するわけである。望遠鏡の据え付けには地球の地軸の向きなどを理解する必要がある。クラスの全員がいくつかのグループに分かれてこれをやった。すでに据え付けられている望遠鏡で何かを見せてもらうのとは大きく違う。理論と実践を組み合わせた高度な授業だった。当時の私にとってはこの作業はそう難しくはなかった。しかし、先生がこの内容を企画してそれを普通の生徒全員に対してやろうとしていることに、私は強く心を動かされた。

学園祭

高校の学園祭は前夜祭と文化祭、体育祭が三日連続で行われた。一年生の時だった。学園祭の二週間くらい前からだろうか、昼休みに前夜祭で歌う応援歌の練習があった。

私はその日、放送部の展示品を準備するために練習を抜け出して物理教室にいた。突然そこへ応援歌の指導をしている上級生がどなり込んできた。彼は私の目の前で激高していた。なんで応援歌の練習に来ないんだと言っているようだが、興奮が激しすぎて私は意味がはっきりと聞き取れなかった。私にはこの彼の記憶があった。私が小学生の時だった。授業の屋外スケッチの時間に私の筆を取り上げて、私の絵具チューブを突き刺したのは彼だった。私は、ここでまたこの人と対峙《たいじ》することになった。

前夜祭の後は徹夜で文化祭の準備をやった。夜中、二時間ごとぐらいに警備員が巡回してきた。私たちは教室のすみの暗がりに伏せて警備員が通り過ぎるのを待った。ただ、私らがいくらじっとしていても警備員にはばれていただろうと思う。

大流星

高校の地学部では夏休みに流星の観測をやった。ペルセウス座の流星群である。毎年八月に地球がある彗星《すいせい》の軌道を横切る。するとその軌道上の粒子が地球の大気に突入して流星がたくさん見える。

私は友人らと校舎の屋上に放射状になって仰向けに寝転がった。そして流星が光るのを待った。見えた流星は星図に記入した。ペルセウス座から遠く離れた空に見える流星でもその光跡を後ろに伸ばすとペルセウス座がその中心になっている。ペルセウス座の流星群といってもペルセウス座だけに見えるのではない。流星の数は最初少なかったが、深夜を過ぎると一分間に十個ぐらいになった。こうなると手分けをしていても記録が間に合わなかった。

交代の合間だったか、私は空でなく下を向いていた。その瞬間友人の「おおーっ」という叫び声が聞こえた。同時に私は屋上のコンクリートが明るく照らされるのを感じた。驚いて空を見上げた。大流星だった。流星は激しく光りながら天頂から西に向かっていた。

流星の先端は爆発して二つに分離した。流星は軌道上に電離雲を残した。空を横切る電離雲だった。音の無い光だけの世界だった。

高熱

いつだったか、私は高熱を出した。ある日の夕方、家で変なげっぷが止まらないと思ったのが始まりだった。私は体がだるくなってきたので蒲団に横になった。数時間経って、私は横たわったまま、高熱でもうろうとしているのに気づいた。起き上がって医者を呼んでもらわないといけないと思ったが、体が動かなかった。目を開けることもできなかった。私は怖かった。私はぼんやりした意識の中でもがいていた。そのうちなんとか起き上がることができた。すぐに医者が家に呼ばれた。その時の私の症状は高熱と腹痛、下痢だった。医者は私にモルヒネを注射した。三十分ほどすると、いままでの苦痛がうそのように楽になった。医者は私の病状を赤痢だろうと言っていた。その後数日間で症状は回復していった。赤痢の原因はよくわからなかった。

二十歳までの目標

十六歳の頃だった。私は何かの大きな目標を決めようと思った。そのほうが自分の意思を強く持つことができるだろうと思った。まったく実現できなそうなことだとそれは単なる夢になってしまう。単なる夢では無意味だった。私は二十歳までに自分で設計したコンピュータを完成させることを自分の目標にすることにした。これなら難易度は高いがなんとか実現できるかもしれないと思った。

当時、まだパソコンというものは世の中に存在しなかった。大型コンピュータより小さいミニコンピュータと呼ばれるものができていることは知っていたが、それらの詳しい情報はほとんど無かった。たよりになるのは、それらを構成している半導体チップが一般にも手に入りだしたことである。

自分のコンピュータをすぐに設計したり実験したりするのは難しかった。そこでまず表示機構だけを作ってみることにした。半導体メモリチップ[22]を使ってそれにスイッチで情報を書き込むようにした。今度はそれを高速に読み出してアナログ信号[23]に変換した。その信号をオシロスコープ[24]に接続した。オシロスコープのブラウン管に緑色の文字をいくつか表示することができた。ただし、コンピュータではないから文字を表示するだけである。私はこの装置を家から高校に運んで物理の先生に見せてみた。先生はこの装置を見てきょとんとしていた。

周りの友人からは勧められたが私はこれを理科作品展には出展しなかった。同じような技術はすでに世の中では実現されているというのが理由だった。世の中に出せる新しい技術はこれには含まれていないと思っていた。すでに実現されているような技術でも自分でそれを再現するのは大変だった。

魚眼レンズ

高校三年のある試験の前日だっただろうか。私は勉強の気分転換にレンズをいじくっていた。以前友人から壊れたカメラをもらっていた。それを分解して単体のガラスレンズを何枚か取り出してあった。凸レンズや凹レンズがあった。

私は、中学生の時に中古の一眼レフカメラを買ってもらっていたが、それ用の交換レンズが欲しかった。そこで、一眼レフカメラに付いていたレンズを外して、代わりに単体のガラスレンズをかざしてこれでなんとか像を結ばないものかと遊んでいた。レンズ一枚だと像にはなるが面白くなかった。二枚や三枚のレンズをでたらめに重ねてみた。すると、強力な凹レンズを一番前にしてある組み合わせになった時に、カメラのファインダーにぼんやりと像が出た。像は円形の視野になっていた。視界はとても広かった。

それは偶然、魚眼レンズ[25]になっていた。私は、プラスチックの板を切り抜いて小さな鏡筒を作った。レンズはそれにはめ込んだ。像を良くするにはレンズを絞ればよいということを私は以前から知っていた。黒い紙に丸い小さな穴を開けて絞りを作った。私はそれをレンズの一番後ろに貼った。これで像はだいぶくっきりとなった。市販の十万円以上もする魚眼レンズに比べれば像は悪いが何とか遊べるくらいの画質にはなった。もう明日の試験の準備はそっちのけになってしまった。

月食

高校三年の九月に皆既月食があった。地学の部活動はその時を最後にすることにした。

私は、皆既月食時の月の明るさを測ってみようと思った。半導体センサー[26]で光を受けることにした。それを電子回路で増幅して測るような装置はその前に自分で作っていた。これを望遠鏡に取り付けて、月食の最中にメーターの値を読み取っていけばいいはずだ。

学校の屋上に地学部の部員が集まってその夜は月食を観察した。私は友人のT君とI君の三人で月の明るさを記録することにした。月食では地球の暗い影が月にかかる本影と呼ばれる状態の前に半影と呼ばれる状態になる。半影になっても人間の目にはほとんど明るさの変化はわからない。しかし、メーターの針はどんどん光が弱いほうに動いていった。

計測装置を使うと人間の感じる能力を超えることができるのだと私は感じた。私とT君とI君は朝方まで手動で望遠鏡を操作して月を追いかけた。そして、メーターの針の値を読み取ってそれを記録し続けた。

油絵　一

高校三年の冬だった。私には大学入試が迫っていた。その頃、私は油絵が描きたくなった。小学生の頃からの憧れである油彩画をやってみるのは今だと思った。私は佐賀の画材店に行って油絵具やパレットと小さな四号のキャンバスを買ってきた。

私は、空想の街の絵を描いた。暗く沈んだ群青色の建物が通り沿いに建っている。建物の隙間から通りに光が差している。その通りのずっと先はやはり群青色の暗い山並みが見える。空も群青色で暗いが、山並みの向こうは空が明るく光っている。そういう絵だった。絵具は油で薄く溶いて使った。数日して絵具が乾いてからまた薄く色を重ねると、深い色の表現ができた。昼とも夜ともつかない表現ができることに気づいた。

大学受験が終わって下宿生活を始めると、私は二作目にとりかかった。今度は空想の古い西洋の路地で、昼と夜の両方が画面の中でせめぎあうような表現を考えた。差し込む光と影を交差させた。キャンバスも大きくした。数日ごとに絵具を薄く重ねていった。まぶしい光と真っ暗な世界を何とか表現しようとした。しかし、私は行き詰まってしまい、絵はとうとう未完成のままになってしまった。

ここからは二十五年ほど後の話である。私の記憶から半分消えかかっていたこの絵は、下犬童の家の小屋の中で見つかった。ほこりまみれの段ボール箱の中に入っていた。キャンバスの表面はすすけて色がくすんでしまっていた。私は試しに油彩画の補修や仕上げ用の液を古い絵具の上に塗ってみた。

私は驚いた。くすんだ絵具の表面はみるみるうちに元の光沢になった。さっきまで制作していたようなつやになった。二十五年前の自分を思い出した。この絵は未完のまま私の絵の個展に展示した。あの頃から二十五年経って、私は、当時はできなかった表現ができるようになっていた。しかしこの絵には今の私が失ってしまった表現があった。あの頃の自分にしかできないものだった。

戦争

私の父は兵隊に行ったと言っていた。終戦に近い頃、志願して行ったはずだ。十五歳くらいの時だろう。海軍で通信兵としての訓練を受けたらしい。父は海軍の通信機はどんな真空管[27]を使っていたかとかを話していた。ある時、戦艦金剛[28]を見学したらしい。とても大きな軍艦だったと父は話した。

父の足の裏には大きな傷があった。海軍での訓練中に足にけがをして破傷風《はしょうふう》になった時の傷だと言っていた。この破傷風のために父は戦地に送られなかったらしい。父は、自分以外のみんなは船ごと沈められてフカのえさになってしまったと言っていた。父がもし足にけがをしなかったら、その後の父は存在しなかっただろう。結果として私も生まれてなかったのだと私は思った。今の自分の存在などというものは偶然の結果なのである。

私が通った高校では先生がよく戦争の話をした。一時間の授業を半分か全部使って戦争時代の経験が話された。授業の内容はほとんど忘れたが、これらの話ははっきりと今でも覚えている。その頃は一九七〇年代だったから、戦時中に二十歳代の人がまだ五十歳代くらいだった。

ある先生は、輸送船に乗っていて空襲にあった時の話をした。先生は軍で士官をやっていたと言った。船は火災になって、積荷の砲弾に火が点いて暴発しだしたらしい。それが船の上で四方に飛んで生きた心地がしなかったと言っていた。そういう状態の中で輸送船の対空砲の砲手は射撃し続けたらしい。空襲が終わってみるとその砲手は亡くなっていたという。

もうひとりの先生は、中国戦線[29]で輜重隊[30]をやって転戦していた話をよく聞かせてくれた。輜重隊というのは、最前線ではなくて後方から物資などを運ぶのが仕事らしい。黒板に図を描きながら山腹の中国軍に対して直接照準で砲撃をした話などがあった。そのうち、先生は戦争をやる気も無かったし、中国の人に恨みのような気持ちも全く無かったと言った。

ある日、先生の隊が攻撃を受けて、すぐ隣に伏せていた戦友が頭を撃ちぬかれて即死してしまったらしい。先生はその瞬間に戦争をやる気になったのだと言った。私はこの話を聞いて初めてわかった。ごく普通の人でも戦地に送られて友人が目の前で殺されるのを見て、本能的に戦士に変わってしまうのだ。

電話

家に電話が来た。ダイヤル式の黒電話[31]だった。千代田町内は局番なしでつながった。四桁の番号だけでつながった。家のそばの道端に農業倉庫があったが、そこにトラックが止まっていることが多かった。ある夜遅くに家の玄関に見知らぬ人が来て、電話を貸してほしいと言った。倉庫前に止めていたトラックが故障したのか、連絡を取りたいらしい。下犬童には公衆電話が無かった。携帯電話も無い時代である。父は家族の安全を考えてだいぶ悩んでいたが玄関の戸を開けてその人を家の中に入れた。その人は茶の間の黒電話でどこかに連絡していた。結局その人は悪い人ではなくてよかった。この他にも何回か電話を貸してほしいと知らない人が家に来ることがあった。当時はそういう時代だった。

望遠鏡

庭に少し大きな望遠鏡が据え付けられた。京都にある天体望遠鏡の会社に注文したものである。庭に穴を掘ってセメントを流し込んで、望遠鏡の台座にした。セメントの表面の仕上げに苦労していると、近所の人がコテできれいに仕上げてくれた。

高校二年の冬に私は地球に接近している火星[32]を観察した。数年前も試みていたが、私にはそれまで火星の表面の様子は何もわからなかった。この夜、ついに火星の表面の模様が見えた。本に載っている火星地図の経度0度付近の濃淡模様だった。私は少し興奮して火星のスケッチをとった。火星の自転に合わせて見えている模様が少しずつずれていくのがわかった。私は、晴れている夜にはスケッチを描き続けた。毎日ほぼ同じ時刻に火星を観察すると見えている火星の面が少しずつ変わってくる。私はそれを一ヶ月以上続けた。十数枚くらいで火星の一周分のスケッチがほぼそろった。

私はそのスケッチを合成して一枚の地図にした。メルカトル図法の火星地図である。それはちょっと十五世紀頃の大航海時代の世界地図に似ていた。はっきりわかった部分は細かくて、よくわからなかった部分はなんとなくぼけている。地球全体がまだよくわからなかった時代は、どこか探検されるごとに新しいことが地図に描き込まれて、人々の空想を駆り立てたのだろう。

今はすでに火星に惑星探査機が向かっている時代である。この火星地図はせいぜい十九世紀頃の科学のレベルだろう。だからこの火星地図の科学的な意味はあまりない。しかし、私は何かが得られたような気がした。これから先、自分が何かの観察、調査をやるような時は、その時限りでなくまとまった量のデータを集めることが必要だろうと感じた。

この望遠鏡は私が大学に入学すると帰省した時しか使われなくなった。そのうちに望遠鏡は片付けられて、セメントの台座だけが庭に残った。この望遠鏡を使った期間は短かった。お金を出してくれた両親には申し訳ないが、その後の私の生き方を決める要素としては大きく役に立ったと思っている。

佐賀の街

一九七〇年代後半から一九八〇年代前半にかけて、佐賀の市街地中心部はまだ栄えていた。白山《しらやま》商店街のアーケードは中央大通りに届くまで延長された。その通りには大手のスーパーマーケットのビルが面していた。その隣には大きな衣料品の店があった。人通りが絶えなかった。もとからあったアーケード街にはドーナツ店が開店した。喫茶店が何軒かあった。

　私は友人らと喫茶店で軽食を食べるのが好きだった。私は友人らとアーケード街を端から端まで往復して、街のにぎわいを感じた。アーケードの上からは赤や白の玉が付けられた飾りがぶら下げられていた。にぎわいは確かだった。

　中央大通りには当時としては大きな電気店があった。高級なオーディオ機器が並んでいた。当時ブームが始まったばかりのパソコンも並べられていた。アーケード街から少し外れて、歓楽街に入ったあたりに小さなオーディオ専門店があった。高校放送部のK君はよくここにいた。この店の店長は結婚式のビデオ撮影の仕事もやっていた。

　私が初めてやったアルバイトは、このビデオの字幕を書く作業だった。黒い画用紙にポスター用の画材で一文字ずつレタリング[33]をした。手書きである。夜なべしてそれを完成させた。私は、できた字幕の品質は充分だと自信を持った。しかし、あとで受け取ったお金は思っていたよりずっと少なかった。最初に品質や対価の話が無いとこうなるのだろう。

私はこのアルバイトを一度しか請け負わなかった。

私は小学生の頃から電子回路の工作が趣味になっていたので、どの街へ行っても電子部品の店に興味があった。電子部品の店は佐賀に二つあった。市街地の南東の水ケ江《みずがえ》にあったほうの店は、中心街のアーケード街からちょっと北に外れた場所に移ってきていた。鉄筋の新しい建物だった。アーケード街にあった店は店員のいるカウンターが無くなった。壁沿いに部品が置かれているだけになった。他の家電品の売り場も薄暗くなって、さえなくなっていった。私が幼い頃は父が買う電気製品は全てこの店だったから、私はこの店が寂れていくのが残念だった。

私が大学生になって下宿した鹿児島にはもっと大きな電子部品の店があった。手に入らないコンピュータ関連の部品は東京の秋葉原《あきはばら》にある店の通信販売を利用するようになった。それで、佐賀で電子部品の店に行くことはなくなってしまった。

佐賀の街を東西に貫く旧国道三十四号線から少し北にそれたところに旧長崎街道があった。旧長崎街道はアーケード街の東の端につながっていた。街道沿いは漆喰の壁の家や板壁の家が並んでいた。狭い道はまっすぐではなくて少しずれた感じになっていた。にぎやかではなかったがいろいろな商店が並んでいた。私は時々学校の帰りにその道を通った。

旧長崎街道付近の町並み

旧街道は構口《かまえくち》で旧国道三十四号線と交差した。この構口が市街地の東の端だった。ここから東は田んぼと集落の広がる領域になった。

街は少しずつ変化していた。松原《まつばら》神社の堀端周辺にいくつもあった映画館は次々に無くなっていった。確かここに映画館があったはずだと思って歩いていると、映画館は見当たらなかった。以前の情景が思い出せないというのが何度かあった。当時はピンク映画のポスターが映画館の前だけでなく、幹線道路沿いの街路樹や電柱などいたるところに掲げられていた。神社の堀端にびっしりとたくさん貼られていたそれらの映画のポスターもいつの間にか無くなった。

大きな電気店のパソコン売り場は数年後に

はもう無くなった。デパートだけでなく大きなスーパーマーケットの上の階にもあった大食堂は薄汚れはじめていた。どこの眼鏡店のショーウィンドウにも置かれていた天体望遠鏡もいつの間にか無くなっていった。少し前の時代には天体望遠鏡は少年たちの夢を大きく膨らませていた。

佐賀駅

佐賀駅は市街地の北よりの位置にあった。佐賀の市街地の主要な駅である。下犬童から一番近い伊賀屋駅は佐賀駅から鳥栖に向かって上り方向で次の駅である。佐賀駅は古い駅舎だった。木造の柱があって屋根は緑青《ろくしょう》色の銅板でふかれていた。駅前からは中央大通りが城跡のお堀のほうに向かっていた。駅前にはバス停があって商店が並んでいた。佐賀駅から列車に乗ることはほとんど無かったから駅の中の記憶は無い。私は高校一年の時に地学部か生物部が合宿調査で駅前に集合した場面を覚えている。駅はまだ古い駅だった。

その佐賀駅だが、一九七六年に新しい駅になった。駅は二百メートルほど北に移されて、高架駅になった。ちょうど佐賀で国体が開かれる頃だった。新しい駅と以前の駅前との間には広い空間ができた。

高校の地理の先生がこの件の土地利用の意見収集に関わったらしかった。先生は授業の時にその話をした。この空間を二階建て構造の歩道と緑地にしようという案を先生は話した。私は、他の都市に負けないような高いビルがびっしり建つといいなあと思っていた。でも、一九七〇年代後半からは皆が思っていたような将来の経済発展には実際ならなかった。そこにはビルが少しずつ建設されていったが、かなりの場所はがらんとしたままだった。大都市にあるような駅ビルもできなかった。

改札口のある高架下には小さな商店街ができた。ここはいつもにぎやかだった。喫茶店や食堂、時間をつぶせる書店などができた。この商店街を抜けて地下道を通ると駅のバスセンターに行けるようになっていた。

佐賀駅の北側近くには住宅の間に田んぼが残っていた。その先には一面の田んぼの中に広い道がずっと北のほうに延びていた。私が最初に通った時、道は舗装されていなかった。砂利道を苦労して自転車で進んだ。視界を遮るものはほとんど無かった。

駅のホームは地上から高い位置にあったから、列車で佐賀駅に着いてホームに降り立つと佐賀の町並みが一望できた。鉄道の高架線の両側にいくつかのビルが建っていた。南向きには駅前通りが延びているのが見えた。ちょっとだけ都会的な雰囲気がするのを私は気に入っていた。

長崎本線の列車に乗って佐賀駅に到着する場面はある意味劇的である。佐賀平野の車窓の風景は、ずっと田んぼが広がっていて、所々に集落が見えるだけである。列車が佐賀に到着するアナウンスを聞いた後、突然田んぼの景色が工場のような風景に変わる。そして列車は高架線に入る。ビルの横をすり抜けて一分もしないで、あっという間に駅のホームに到着する。この景色の変化はいつになってもわくわくする。

佐賀線

佐賀駅から福岡県の瀬高町《せたかまち》まで佐賀線という支線が延びていた。この線路は佐賀の市街地の東側で国道の上を赤い鉄橋でまたいでいた。私は街へ行くたびにその下をくぐっていたからこの鉄道はかなり印象が深かった。しかし、この線には乗る用事が無くて、いつも鉄橋を下から見るばかりだった。私はなぜかこの時鉄さびの匂いを感じていた。

国道をまたぐその鉄橋の両側は盛り土の上に線路が敷いてあった。その盛り土の上に東佐賀《ひがしさが》駅という小さな無人駅があった。この駅でディーゼルカー[34]に乗り降りしたらどんな気分がするのだろうかと漠然とした思いが私にはあった。

この佐賀線は列車が一日数本くらいの赤字路線だったので、私が大学生の頃廃止になった。廃止になる少し前、鹿児島の大学からの帰省のついでに私は佐賀線の列車に乗ってみた。筑後川《ちくごがわ》を渡る手前にある福岡県大川《おおかわ》市の大川駅で列車を降りてみた。駅の施設はすでに荒れた感じだった。

佐賀線が廃止になって、高架の佐賀駅に通じるまだ新しい佐賀線のコンクリートの高架部分も使われなくなってしまった。東佐賀駅があったあたりの鉄橋も盛り土もいつの頃か無くなってしまった。ゆっくりとカーブした道路は、以前そこが鉄道だったことを感じさせる。

大学進学

私は高校三年の秋になってやっと大学入試の受験勉強をやり始めた。一次試験までの時間はあと四ヶ月くらいしかなかった。私は書店に行った。母親からもらったお金を全部使って二十冊ほどの問題集を一度に買った。私はその時まで参考書も問題集も買ったことはなかった。もちろん塾や予備校もずっと以前から私の概念の中には無かった。

私は家に帰ると、二十冊全ての問題集に油性のサインペンで日程を書き込んだ。短いものは一日に一冊くらいのペースで問題集を解いていくことになった。むちゃすぎて、ちょっと自分でも滑稽だった。

受験勉強はかなり追い詰められた状況だったが、まあどうにかなるものである。一月の一次試験はなんとか切り抜けた。試験は佐賀にある国立大学で行われた。その日は寒い日だった。

一次試験の解答が発表された。自分で採点して点数を予想した。この点数で行けそうな大学を選んだ。私は以前から工学系の単科大学への進学を漠然と考えていたが、この頃になって総合大学に行ってみたいと思うようになった。自分が工学系の学科でも、理学部や教育学部の友人ができればいろいろその人たちから学ぶこともあるだろうと思った。結局、私は鹿児島県にある国立の総合大学の二次試験を受けることにした。

私は佐賀という地方に生まれ育った。私も友人も他の人たちと同じように、進学するということはほとんどの場合、それは故郷を離れるということを意味していた。

Ⅱ　鹿児島

鹿児島本線

鹿児島本線、特に熊本より南の路線については小さい頃から一種の憧れがあった。北の福岡はすでに私の行動圏に入っていたが、九州の南半分は中学生になる頃まで未知の領域だった。

私は福岡へ行く途中、鳥栖駅のホームに鳥栖発西鹿児島[35]行きの普通列車が止まっていたのがずっと気になっていた。古い木造客車の列車がホームにいた。客車には青地に白で西鹿児島と書いた札が付けてあった。機関車はまだ連結されていなくて、客車の中はだれも乗っていなかった。ホームも客車も静寂だった。私は、この客車で鹿児島までどれくらい時間が掛かるのだろうかと思っていた。

熊本まで列車で行ったのは中学一年の時だった。無線用の中古の受信機を売っている店を父と探しに行った時である。熊本の街は、駅前から路面電車の軌道のある通りを進むと少し古い商店が並んでいた。

私が熊本より先のほうに初めて行ったのは、大学受験の時だった。鹿児島[36]にある大学の入学試験を受けるために列車で鹿児島へ向かった。この時初めて特急列車に乗った。電車特急だった。寝台列車として使う車両のようだった。寝台の上段部分は窓の上の部分に折り畳まれていた。私は、その大学の入学試験に合格した。それからは鹿児島に下宿して大学に六年間通った。私は、鹿児島から佐賀の家へ鹿児島本線を使って年に三回ぐらい帰省した。そして私は、鹿児島本線を使って佐賀の家から鹿児島の下宿へ戻った。

佐賀から鹿児島へ向かうにはまず長崎本線で鳥栖へ行った。そこで鹿児島本線の特急に乗り換えた。特急は西鹿児島行きの「有明《ありあけ》」だった。鳥栖駅のホームには立ち食いうどんの店があった。六番ホームの店でよくうどんを食べた。かしわの入ったうどんである。[37]うどんを食べ終えて、まだかまだかと待っていると、ホームのずっと北のほうに有明号が見えてきた。

鳥栖を出るとすぐに広い田んぼが車窓に広がった。筑後川[38]の支流が昔蛇行していた跡の土手が見えた。筑後川の鉄橋を渡るとすぐに久留米に着いた。筑後川沿いには大きな靴の工場が見えた。久留米を出るとまた田んぼの中を列車は進んだ。大牟田[39]を過ぎると山がちの景色になってきた。一瞬有明海の海岸近くを通った。造船所の大きなクレーンも遠くに見えた。田原坂《たばるざか》を過ぎてしばらくすると熊本だった。この田原坂は明治時代の西南戦争の戦場だったはずだが、列車の車窓からはその印象は全くわからなかった。熊本駅の西側には低い山があってそこに大きな仏塔が見えた。

熊本を出ると線路沿いに半導体メーカーの工場があった。そして、また田んぼが広がる景色になった。よく見るとそれは稲ではなくて畳の材料のイグサだった。田んぼの中に農家が点在する風景が終わると列車は八代[40]の街に着いた。八代駅のそばには大きな工場があって、煙突が立っていた。ここで肥薩《ひさつ》線の線路と分かれて、鹿児島本線は球磨川《くまがわ》を渡った。

ここからの線路は単線だった。線路のカーブも急になって、特急列車の速度はかなりゆっくりになった。きついカーブでは列車の車輪がきいきいと音を立てた。ここから西鹿児島までの鹿児島本線は、主に有明海の海岸沿いを進んだ。山は海のそばまで迫っていた。山には柑橘《かんきつ》類の木が植わっていて果実が実っていた。葉が茂った木の濃い緑色に果実の黄色い色が鮮やかだった。

日奈久《ひなぐ》温泉や少し大きな町の佐敷《さしき》を過ぎると列車は水俣[41]に着いた。水俣は小さな市街地と化学工場の周りに山が迫っていた。水俣から小さな峠を越えて鹿児島県の出水[42]に着いた。出水も小さな街だった。出水を出発するとしばらくは平地だったが、線路は切り通しの中のようなところを進んだ。景色はあまり見えなかった。

車窓に海が見えると阿久根[43]の町だった。そこからは国道と一緒に海沿いを進み、川内市[44]に着いた。川内は鹿児島県で三番目に大きな街だった。川内には真ん中の国道沿いに商店街が続いていていた。デパートもあった。川内を出るとゆっくりと坂を上り峠を越えると串木野[45]だった。串木野にはたしかハムの工場があっただろうか。串木野を過ぎると海は見えなくなって列車はだんだんと山の中を進むようになった。

伊集院《いじゅういん》という小さな町からは私鉄の鹿児島交通線の線路が枕崎《まくらざき》に延びていた。この鉄道は私が鹿児島で生活していた間に台風で不通になってそのまま廃止になってしまった。このあたりから車窓の景色は山深くなった。ずっと山とトンネルが続いて、鹿児島の街は一向に現れなかった。もう西鹿児島に着くはずなのにどういうことだろうと心配していると、いきなり景色が扇形に開けた。視界は鹿児島の住宅街の中に飛び込んだ。そして列車はあっという間に西鹿児島駅に着いた。

この旅程は長い時間に感じた。佐賀の家から鹿児島の下宿まで行くのにまる一日を要していた。鳥栖から八代まで二時間、八代から西鹿児島まで約三時間かかった。たしか八代駅のホームを見て、やっと旅程の半分だと感じていた。線路が単線だったから、特急列車でも対向する列車を田舎の駅で止まって待つことが頻繁にあった。

夜行列車

私は鹿児島から佐賀の家に帰省する時、夜行列車に乗ることもあった。かいもん号という名前だった。「かいもん」は開聞岳《かいもん》のことで、鹿児島県にある山の名前だった。青い色の客車を電気機関車で引っぱっていた。列車には寝台車も連結されていたが、たいていの人は料金の安い普通座席を使った。青い布のシートが張られた硬い座席だった。急行列車だから昼間の特急列車を使うよりもお金が安くすんだ。夜の二十二時頃列車は西鹿児島駅を出発した。長崎本線に乗り換えるための佐賀県の鳥栖駅に着くのは早朝だった。

私はいつも窓際の席に座って、しばらくは外を眺めていた。車内の明かりが目に入らないように手で窓ガラスと顔の間に囲いを作った。真っ暗な山あいを通るうちに、小さな町が繰り返しやってくる。家の明かりが見える。暗黒の景色の中で家の窓からもれる光はちょっとオレンジ色で暖かく感じる。あの家の窓の中ではきっと家族団らんがあるのだろうと考えていた。遠い真っ黒な山並みは空との間にかすかな境界線を作っていた。夜行列車に乗って夜の景色を見ていると、精神が研ぎ澄まされるような感じがした。

鹿児島

鹿児島の街はにぎやかだった。佐賀に比べると数倍の規模の大きな都市だった。九州の南の端から海は深く陸地に入り込んで大きな湾になっていた。湾を錦江湾《きんこうわん》といった。その湾沿いに鹿児島の市街地があった。市街地のある低地は火山灰の固まったシラス台地で囲まれていた。鹿児島の市街地から海を渡ってわずか数キロの正面には桜島《さくらじま》があった。

桜島は島が活火山そのものだった。標高千メートル少しだったが、その山体は海面から立ち上がっているからとても巨大に見えた。桜島はほぼ毎日のように噴火して火山灰を吹き上げていた。火山灰は市街地に幾度も降り注いでいた。鹿児島の街、街路樹、道路、商店のショーウィンドウの中まで程度の差はあるが細かい黒色の砂が感じられた。

鹿児島の街は、広い通りを路面電車が走っていた。路面電車の路線はループを描いていて、その内側に面して大学の敷地があった。大学西側の路面電車の通りを渡って、さらに国鉄の機関区と指宿枕崎線《いぶすきまくらざき》を越えて斜面を少し上ったところに私は下宿した。斜面を上る道の左側はシラスの崖の壁になっていた。そこには戦時中の防空壕の跡が残っていた。私は防空壕というものを初めて見た。崖の上は女子短期大学の敷地だった。

私の下宿の部屋は二階の南東向きの部屋だった。窓からの視界のほとんどは前の家々の屋根と道の向こうにあるシラスの崖だった。崖の東の端には桜島が少し見えていた。廊下の窓からは鹿児島の中心街が遠くに見えた。その右側に建設されて間もないような新しい大きな赤っぽいマンションのビルが見えた。冬、はるか遠くには雪を被った霧島《きりしま》連山の高千穂峰[46]がうす青く見えた。

大学のそばの停留所から路面電車に乗って市の中心街に行くことができた。西鹿児島駅の前を過ぎると道の両側にはビルが増えた。その先には天文館《てんもんかん》という名前の鹿児島の中心街があった。アーケード街の両側は南日本最大の歓楽街らしかったが、私は飲んだり食べたりはあまり興味は無かった。電子機器を自分で作るのが趣味だったので、電子部品の店が二つあったことは良かった。

アーケード街の地域の端に大きなデパートがあった。その先は官庁街だった。古風な役所や博物館の建物があった。さらに先へ北のほうに行くと鹿児島駅があった。昔の鹿児島の街はこのあたりが中心だったらしいが、すでに少し寂れた雰囲気だった。そのさらに先は台地の崖が海まで迫っていた。鹿児島の市街地はそこで途切れていた。その市街地から自動車道路がループとトンネルになって台地の上につなげられていた。台地の上は少し起伏があったが、ずっと北のほうまで新しい住宅街が広がっていた。

大学のあたりから東に進んでもうひとつの電車通りを越えた先には、海沿いに新しい街があった。車道が地下を抜けて地上に出た。まっすぐな広い道の両側には新しい建物が建設されつつあった。全てが新しく作られたものだった。夜には車道や歩道、建物が街灯で照らされて幾何学的に見えた。そこは未来都市のようだった。

鹿児島の市街地の南部には、産業道路と呼ばれる広い道がさらに南のほうに続いていた。道の両側には工場や大きな倉庫のような建物が十キロメートル以上にもわたって続いていた。佐賀には無いような風景だった。私は鹿児島の工業規模を感じた。

私の下宿の周りは台地の斜面に住宅が密集していた。下宿の前の坂道をさらに二十分ほど上っていると家が途切れて普通の山の斜面のような景色になった。初めて行ってみた時、この坂を上りきるとその向こうには緑の谷があるのだと思った。そして、その向こうの山並みが見えるだろうと信じていた。私は、田舎の景色が欲しかった。しかし、きつい坂を上りきった時、そこにあったのは台地の上の真新しい住宅地だった。私は愕然《がくぜん》としてしまった。街はどこまでも続いているのである。私はその住宅地の端まで行って、その先の谷を下った。また次の台地を上った。次の台地の上もまた住宅地だった。私はあきらめて下宿へ引き返してしまった。市街地の周りにはかなり遠くまで住宅地が造成されていることがわかった。市街地がすぐにとぎれて田んぼになる佐賀とは違っていた。

不知火海

八代から出水の間では、列車から海がよく見えた。不知火海《しらぬいかい》である。海の向こうに天草《あまくさ》列島の島々が美しかった。冬か春のよく晴れた日だった。海の向こうの島が何か変だった。青い海面から緑色の島々が立ち上がっているのである。島がまるで霜柱で海面から持ち上げられているように浮き上がっていた。島の海岸の部分は樹木が無くて白っぽい岩場らしいが、それが上方に引き伸ばされていた。しばらく信じられなかったが、たしかにそう見えていた。蜃気楼《しんきろう》の一種だった。

鹿児島の季節

鹿児島の気候はその暖かさが特徴的だった。私は九州で生まれたが、九州北部の佐賀と比べても明らかに暖かさの違いがわかった。五月になると鹿児島ではずっと半袖の服装で十分だった。六月の梅雨になると雨は激しかった。屋外では雨音が激しくて、そばにいる友人に大声で話しかけないと話が通じないことがよくあった。

七月と八月の盛夏はとても蒸し暑かった。桜島の降灰で窓が開けられない夜が多かった。これはさらに暑さの感覚をひどくした。

八月から九月の時季にはよく台風が接近して大雨になった。下宿の下のほうを流れる新《しん》川《かわ》は、暴れ川だった。普段は川床が見えるくらいの流れなのが、雨が降り始めてしばらくすると濁った水の水かさが橋の高さに迫ってきて怖かった。

この大雨はかなりの被害を出した。私が鹿児島に行く前の年には、下宿の少し上のほうで山崩れが起こって大学生が犠牲になったらしい。私が鹿児島を離れたあと数年後には新川は氾濫している。市街地の周りのシラスの斜面がいたるところで崩落しているのを私は見た。鹿児島駅の少し北のほうで列車が土石流に飲まれたというのもニュースで知った。よく自転車で通っていた石造りの橋も流されてしまった。私がいた六年間はまだ良かったうちなのだろうか。

十月はまだ暖かかった。十月半ばでも気温が三十度近い日があった。十月の末頃、大学祭の準備を毎夜外でやっていると急に涼しくなってくるのがわかった。十一月に大学祭が終わると寒い季節がやってきた。十二月と一月頃は曇りがちの日が多かったように思う。寒かった。東京あたりのように毎日冬晴れというふうではない。それでも穏やかに晴れた日は気温が十四度くらいあった。雪は降ったが積もることは少なかった。

二月になると変な日があった。曇って、変に暖かかった。私は川沿いを歩いていて手すりを触った。手すりはじっとりと湿気で湿っていた。これは発達中の低気圧の通過だった。後からわかったが、このような日の次の日は東日本で大雪になっていた。

三月になると暖かい日が増えて、春がやってきた。春は九州北部の佐賀より早かった。鹿児島県の南のほうでは三月にレンゲソウの花が咲いた。

下宿　一

大学に合格して入学手続きをすることになった。鹿児島から鉄道で駅いくつかぶん離れた山あいの温泉街に国鉄職員用の旅館のようなものがあった。私と父はそこに宿泊した。星もよく見えるしここに下宿したらどうかと父は言った。私は、大学まで列車で通うのは面倒だと思った。だいたい山間部の温泉街に住む気はなかった。

大学の事務棟で入学手続きの書類を出した後、事務棟の中で下宿やアパートの情報が貼ってある部屋に行ってみた。人がたくさんいて、みんな壁に貼ってあるビラを見ていた。するとそこである婦人が声を掛けてきた。婦人は下宿をやっていると言った。私も父も鹿児島での土地勘は無い。ビラを見てそれから下宿を探す苦労を考えると、あっさり連れていってもらったほうが楽な気がした。私と父はそのまま婦人についていって、下宿を見せてもらうことにした。

下宿は、大学の敷地わきの電車通りから国鉄の線路を渡って、台地の斜面を上った途中にあった。唐湊《とそ》と呼ばれていた場所だった。道沿いに小さな墓地があった。その先で細い路地に入った。路地は二回曲がった。そこは住宅が密集していた。下宿は普通の大きさの木造二階建ての家だった。一階に大家さん家族が生活し、二階に下宿生が住むようになっていた。朝と夕の二回食事を出してもらえる賄い付きの下宿だった。

私は、下宿をここに決めた。まだ他の物件は一つも見ていなかった。他の物件のほうが何かの要素については良いところがあるかもしれない。しかし、逆にある要素についてはここのほうが良いということになるだろう。結局どれを見ても一長一短なら、最初にこれでなんとかいけるだろうと思ったところに決めようと思った。

この下宿は、下宿生用の玄関は大家さん家族用の玄関とは別に作ってあった。これで夜遅くでも外出できた。風呂は無かったが近くに銭湯があった。部屋は六畳間だった。以前は二つの三畳間になっていたようだった。部屋の中にその仕切りと柱が残っていた。隣の部屋との壁は厚さ三ミリメートル程度のベニヤ板一枚だった。画鋲《がびょう》の穴から隣の部屋の光が見えた。窓からは台地の斜面と密集した住宅の屋根が見えていた。見渡せる空はそう広くはなかった。

下宿生の空間と大家さん家族の空間は戸で仕切られていた。朝食と夕食の時間と電話が掛かってきた時だけその戸の鍵が開くようになっていた。食事の時間になると下宿生は一階に降りていって、その戸から大家さんの茶の間に入った。茶の間には大きな座卓が置いてあった。そして大家さん夫婦と一緒に食事を取った。自分にとってはある種の家族団らんだった。下宿生と大家さんという関係ではあったが、たしかに団らんがそこにはあった。

下宿 二

下宿のおばさんは茶碗にごはんをついでくれた。時々キビナゴ[47]が出た。キビナゴには酢味噌《みそ》が添えられていた。ニガウリ[48]がよく料理に入っていた。私はニガウリという食べ物をこの時初めて口にした。朝は納豆がよく出された。納豆は小さい頃一回だけ食べて以来だった。最初は苦労したが、そのうちだんだんおいしく食べられるようになった。食事の最後には茶碗でお茶を飲んだ。五月にはチマキが出された。このチマキは想像していたのと違って、真っ黒なかたまりだった。病気になって部屋で寝込んでいるとおばさんはお粥《かゆ》を作ってくれた。

成人式

成人式の日には風邪をひいて寝込んでいた。もし、佐賀に帰省して下犬童のある千代田町の成人式に出ても知り合いはいない。鹿児島の成人式に出ても今度は大学の知人だけしか知り合いはいない。だから成人式そのものが私にはあまり意味が無かった。私はその日、蒲団に寝たまま、下宿部屋の天井板の木目をじっと眺めていた。下宿の夕食の時はなんとか起き上がってビールを一口だけ飲んだだろうか。

夢

その頃は夢を見ることが多かった。いつも浅い眠りの中で夢は始まった。仰向けの状態で目が覚めたような感じがした。目を開けると部屋の様子が見えた。でも、体は重くてまったく動かなかった。精一杯がんばっても体は動かなかった。胸が押されるように苦しかった。そして、とうとう私は起き上がった。

次の瞬間私はまだ仰向けなのに気がついた。今までのことは夢だったんだと思った。今度こそはと思って私はまた起き上がろうとした。やはり体は重くて動かなかった。だいぶがんばって、とうとう私は起き上がった。やはり次の瞬間私はまだ仰向けなのに気がついた。今までの二回のことは夢だったのだと思った。さらに私は起き上がろうとした。私は無限に続くこの繰り返しの中にいた。夢の世界は無限に入れ子になっていた。

ある夜の夢も、目が覚めたような感じで、体が動かなかった。なんとか起き上がろうと体に力を入れようとしていた。私には下宿の押入れのふすまが見えていた。ふすまは柱との間に少し隙間があった。そこから暗いその奥が見えていた。私は早く起き上がりたかった。突然、ふすまのその隙間から人の握りこぶしが飛び出してきた。私は恐怖で叫んだ。そして自分の叫び声でその世界から抜け出した。よく見ると押入れのふすまはちゃんと閉まっていた。隙間は無かった。

またある夜の夢も、体が動かなかった。私は仰向けで起き上がれなかった。なんとかこの世界から抜け出そうとしていると、足元のさらに薄暗い先のほうに人の腕が見えた。腕は包丁を握り締めていた。その腕は包丁を畳に垂直に突き刺した。そしてそれを引き抜いて、私のほうに近づいてはまた包丁を畳に突き刺した。腕と包丁はどんどん私に近づいてきた。私はとうとう叫び声を上げた。

三太郎峠

鹿児島から佐賀までの距離は道のりで三百キロメートルくらいだった。私はそれを自転車で走り抜いてみようと思った。途中の街や山の印象が体で直接感じられるだろう。このためには一日に百キロメートル以上は走れないといけないと思った。自転車は、下宿生活を始める頃に大学のそばの中古自転車屋で買った自転車だった。廃品を再生したらしい自転車だったがギヤやブレーキは新品だった。

まず鹿児島県の川内や宮崎県の都城《みやこのじょう》まで峠越えの往復を休日に日帰りで練習した。鹿児島から都城は往復で一四〇キロメートルくらいだった。鹿児島の市街地の周囲は山地になっている。だから自転車でどこかへ向かうと上り坂が次々にやってきてつらかった。でも峠の下りは何キロメートルもほとんど惰性で走った。気持ちよかった。

鹿児島から佐賀まで走る挑戦は寒い季節の天気の良い頃に実行した。一回目は途中の出水で一泊して佐賀までの残り二百キロメートルを一気に走ろうとした。佐賀まであと三十キロメートルくらいの大牟田あたりで足の疲れがひどくなった。私は歩くのもペダルをこぐのもつらくてたまらない状態になってしまった。

二回目は鹿児島の下宿を夜に出発した。次の日の夕方に佐賀に着けるだろうかと思って出発してみた。幹線道路の国道三号線である。それでも山の中を走っていると灯りは自分の自転車のライトだけという状態でかなり心細かった。電池が切れてきてライトはどんどん暗くなった。出水の近くを走っていた時だった。真っ暗な中でどこか遠くから動物の鳴き声のようなものが絶え間無く聞こえていた。たぶん渡り鳥のツルの鳴き声だったのだろう。

夜明け頃水俣に近づいた。峠のドライブインが営業していたので私はそこへ入って休憩した。私は店員のおばさんからおにぎりをおごってもらった。そして三太郎峠《さんたろうとうげ》を越えた。水俣と八代の間にある昔の難所である。昔の難所は国道トンネルになっていたがこれが私にとっては難所だった。三太郎のひとつの佐敷太郎《さしきたろう》は長さ二キロメートルのトンネルだった。トンネルの中に歩道は無かった。トンネルの車道と壁の間を走った。後ろから近づいてくる車のゴーッという音がトンネルの中で反響して増幅された。怖くても後ろを振り向くことはできなかった。

なんでも調子の良い時はずっといけそうな感じがするものである。午前中に三太郎峠を越えた後はこのままの勢いで佐賀まで走れそうな気分だった。しかしやっぱり熊本の街が近づく頃急にペダルが重くなってしまった。一旦ペダルが重く感じるともうだめだった。すぐにまともには進めなくなってしまった。私は熊本駅の近くに自転車を置いて列車で佐賀の家に向かった。

私は次の日に列車で家から熊本へ戻った。そして残りの区間の熊本から佐賀の家までを自転車で走った。この日は海沿いを走った。向かい風が強くて疲れてしまった。

鹿児島から佐賀へ自転車で走るのはもうやめにした。私の体力がもっとあったとしても長いトンネルを自転車で走るのは危険だと思った。

鹿児島の星空 一

鹿児島は大きな街だったが、ある程度街から離れると周囲は人家のほとんど無い山かそうでなければ海だった。それで、街から少し離れた山へ行くと星がたくさん見えた。天体観察の同好会の皆と一緒に時々星を見に行った。空気が澄んでいる時には街中からでも星空が見えた。

いつだったか、繁華街の天文館で宴会が終わった後、私は夜半過ぎに下宿のほうへ歩いていた。その時間には繁華街の店の照明や住宅街の家の明かりはずいぶんと減っていた。川を渡るあたりへ来て空を見上げた。すると頭上には星がぎらぎらと輝いて天の川が見えていた。人口五十万人の街から天の川が見えたのにはびっくりした。

鹿児島は佐賀より緯度が低いのも星でわかった。りゅうこつ座[49]のカノープス[50]が大学のヤシ並木通りの上にはっきりと見えていた。この星は冬のおおいぬ座の後ろ足の部分をずっと下に伸ばしたあたりにある。佐賀にいた時は南の地平線が開けているところからでないと見るのが難しかった。この星はなかなか見られないから、昔の中国では見ることができると縁起がいいと言われていたらしい。

温泉

鹿児島に下宿すると特別なことではないのだろうが、銭湯は温泉だった。このあたりは火山帯である。市内の普通の銭湯が、実は温泉になっている場合が多い。温泉だから新しいお湯がどんどん湯船に流れ込んでいた。清潔でよかったが、石鹸《せっけん》の泡はほとんど立たなかった。お湯は成分が濃くてかなりぬるぬるしていた。銭湯には二、三日ごとに通った。銭湯の帰りに桜島の降灰にあうと大変だった。まだ乾いていない髪の毛に灰が付くと、髪の毛はばりばりに固まった。

実は私はその温泉に通う前は、下宿の裏手にある沸かし湯の銭湯に通っていた。そこは、客が少なくて自分ひとりの時もあった。自分ひとりしか客がいないと家の風呂のような気分で気持ちよかった。でもそんな具合だから、その銭湯は私が大学一年生の頃に廃業になってしまった。

鹿児島の星空　二

下宿から裏手に数分歩いた小高いところに小さな公園があった。ブランコがひとつとベンチがあるだけの小さな公園だった。ある夜遅く、私は友人二人と望遠鏡で星を見ていた。望遠鏡は重さが二十キログラム程度あったから、いつも分解して三人くらいでそこまで運んでいた。私は望遠鏡の筒を担いで急な坂の道を上った。

その夜は土星が美しかった。風の無い夏の夜だった。自分がいるところの上空の大気が不安定だと、望遠鏡で見る星は普通ゆらゆらと揺れて見えてしまう。この夜は大気が安定していた。土星は望遠鏡の視野の中で、不思議な現実感を示していた。土星本体の外側の環《わ》は大きく開いて見えていた。環の多重構造がはっきり見えていた。いつもと同じような夜だった。

突然、私は道のほうから強い光で照らされた。三人に緊張が走った。二人連れの警察官だった。ここで何をやっているのかと質問を受けた。私は、天体観察だと答えた。警察官はそれで了解したようだった。せっかくだからと私は、警察官に望遠鏡を覗かせて土星を見せた。一人目はまるで漫画みたいだと無邪気に声を上げた。もう一人も呼ばれて望遠鏡を覗いた。生まれて初めて土星を見たのだろう。職務質問のついでに美しい土星が見られたのは運の良いことだ。警察官は納得して坂を下りていった。

しばらくして、坂の向こうでそこの家の住人と警察官が話をしているのが見えた。たぶんその住人が、警察に通報していたのだろう。知らない人から見ると、夜の公園に怪しい数人が集まって怪しい機械を空に向けているということだろうか。

今の話と別の年のある夜、私はやはり友人らと天体観察をしていた。その夜は学生街近くの路地の脇に知人が望遠鏡を持ち出していた。たしか木星を見ていた。そこへ、知らないおじさんがふらふらとやってきた。酒に酔って機嫌が良さそうだった。ろれつがまわっていないが、何か話しかけてきた。私らは、酔ったおじさんに望遠鏡を覗かせた。おじさんは歓声を上げた。おじさんは去り際に千円札二枚を私らに差し出した。私らはその二千円をもらった。酔って気前が良くなっていたのだろうが、おじさんにとってはその時見た木星は二千円の価値があったのだろう。おじさんはまたふらふらと歩きながらどこかへ消えていった。

下宿生活

学生時代の頃は、夕食後の時間が有り余っていた。私はよく友人の下宿を訪ねた。電話を持っている学生はほとんどいなかった。約束も連絡もなく訪問したり、逆にだれかがやってきたりであった。私は、夜半頃までどうでも良いようなことを友人と語り合っていた。私はヘッセやプーシキンやドフトエフスキーの翻訳小説をよく読んでいた。高校生の頃までの私は、大学生というものはドイツ文学やロシア文学について語り合うのだと思っていた。でも実際はそうではなかった。

休みの日には大衆食堂で食事をした。下宿の下のほう、新川の手前あたりには小さな商店街があった。私はそこの定食屋によく行った。ドアを開けるとそこの主人は大きな声で「いらっしゃいませーっ」と声を掛けた。

仕送り

鹿児島での生活費は親からの仕送りを銀行の口座から下ろしていた。キャッシュカードを持っていたが、最初の頃は銀行の窓口へ行ってそれを出す必要があった。そのうちに現金自動引き出し機ができて銀行の窓口以外でもお金が引き出せるようになった。下宿代が食事付きで三万円くらいだったから毎月の仕送りは五万円くらいだった。

私はそのお金を専用の財布に入れて下宿の机の引き出しに入れていた。ある日、それが無くなっているのに気づいた。どう考えてもどこかに落とすはずは無かった。でも完全な自信も無かった。トイレに行く時や大家さんの茶の間で食事をする時にたまに部屋の鍵を掛けないことがあった。盗まれたとしたら、だれかがそのわずかな時間に下宿の二階に上がってきて私の部屋に出入りしたことになる。私にはどうしようもなかった。私は両親に電話した。理由を話してまたお金を送ってもらった。

私が大学院を修了して下宿を出る頃だった。たしか最後の夕食の時だっただろうか。下宿のおばさんから話があった。あなたはだれでも良い人だと思っているかもしれないけど、だれでもそのまま信用したらだめだよと言われた。おばさんはずばりこの事件を見抜いていたようだ。その時初めてその話を聞いた。私にとって重要な話だった。

桜　島

桜島はそれまで見たことのないような火山だった。とにかく毎日二回も噴火する活火山の火口が人口五十万人の市街地からわずか八キロメートルくらいのところにあるのである。噴火は暗い灰色の噴煙を噴き上げた。その高さは火口から数百メートルから数千メートルくらいの高さになった。数千メートルというと噴煙は鹿児島の街から見上げるような高さのキノコ状の雲だった。

これが、夏には弱い東風に流されて鹿児島の市街地に降り注いだ。降ってくるのは灰と言っていたが黒い砂である。あたりが暗くなったと思うとまもなく目に灰の粒を感じた。目がちくちく痛くて開けられなかった。一番粒が大きい時はザーッという音がして、手に当たる砂粒が痛かった。その時は西鹿児島駅周辺が数ミリの厚みの黒い砂で覆われた。鹿児島の市街地の道端やビルの屋上の端には砂の小山ができていた。大学の教室の机もザラザラしていた。私は席に着くといつもザラザラする砂をふき取っていた。

桜島は噴火の時に爆音も起こした。噴煙が見えてから十数秒後にドーンという音がやってきた。それは耳に聞こえる音と同時に体に衝撃波を感じた。映画などで噴火の映像を見ることがあるが、そこではたいてい爆発と音が同時である。でも実際はそうではない。ある程度の距離がある場合は音もなく爆発が見えて、来るぞ、来るぞと待っていると音がやってくるのである。木造の家は揺れ、窓ガラスやドアは空気の圧力で動いた。爆音で海沿いの小学校の窓ガラスが割れたことがニュースになっていた。私は下宿で寝ていて初めてこの爆音が来た時は飛び起きてしまった。一瞬何が起きたのかわからなかった。

桜島の噴煙から雷光が見えたことがあった。一九八四年の夏だっただろうか。夕方、大学の建物の屋上にいる時に大きな噴火が起こった。まず音もなく爆発が見えた。噴煙が上がり、十数秒後に衝撃波が来た。赤く光った火山弾が放物線を描きながら山腹に落ちていった。火山弾が山腹に落ちると土煙が上がった。山体の上には巨大なキノコ状の雲が真上に伸びていった。その雲の中で雷光が次々に光るのが見えた。

地学部の友人

高校では私は地学部と放送部に入っていた。私は、最初は放送部の活動に熱心だったが二年生から三年生にかけてはほとんど地学部のほうが面白くなっていった。私と友人は地学部に天体観察関連の資料や活動のスナップ写真などを残しておいた。半導体で光の強度を測る装置も自分で作ったものを残しておいた。私は大学生になっても夏休みに帰省すると母校の地学部の部室に行って後輩の部員らと話をしていた。

私が大学院生になった頃の夏、佐賀で天文団体主催のいわゆる星祭[51]が開催された。私はそれに参加した。佐賀近郊の低山でキャンプと天体観測会や催し物が行われた。私は自分でやっていた火星観察の結果をスライドで発表した。地学部の現役の部員数人も一緒に参加していた。S君は自分で作った軽量型の天体望遠鏡を参加者の前で解説した。私はその数人とすぐに仲良くなった。この時まで、私からはあまり深い親交は無かったつもりだったが、彼らはいきなり以前からの友人のように私に接してくれた。テントの中で、どこかこの話題になったか思い出せないが「面食い」の話題で盛り上がった。

この数人とはその後二十五年以上にもわたって付き合っていくことになった。このうちY君は私と入れ替わりに鹿児島の同じ大学に入学した。私が大学院を修了して下宿を引き払おうとしている頃、大学のそばで入学準備に来たY君にばったり出会った。この時、私は「奇遇だねえ」と言ったかもしれない。

知らない日本

二十歳になる頃、私はまだ日本のごく一部しか見ていないことに気づいた。私はとりあえず日本をぐるりと見てこようと思った。三月のまだ寒い季節だった。私は帰省していた佐賀を普通列車に乗って出発した。列車を次々に乗り継いで名古屋にたどり着いた。名古屋からは夜行列車に乗った。ホームの脇から蒸気が立ちのぼっていた。

朝、長野に着いた。びっくりする寒さだった。長野からさらに新潟に向かった。列車は妙高《みょうこう》高原の坂をゆっくり上っていった。線路沿いの樹林帯には積雪があった。峠の駅の線路脇に高さ二メートルくらいの雪があった。私は積み重なった雪というものを生まれて初めて見た。

新潟に着くと駅前の大通りをまっすぐに歩いてみた。雪は無かった。思っていたより大きな街だった。信濃川《しなのがわ》の橋を渡ってしばらく街を歩いていると、大きな市場のアーケードがあった。さらに通りを先に進むと街が途切れて防風林のようになっていた。道は狭くなったが先に進むと日本海の海岸に出た。私は初めて日本海を見た。砂浜と防風林の間に道が遠くまで見えた。遠くの電柱の電線が光っていた。

新潟から北に向かった。列車が市街地を出ると、田んぼが広く見渡せた。青くかすんだ遠くにうすく雪の山脈が見えた。九州には無い広さだった。列車が進むと山脈は少しずつ近づいてきてはっきりしてきた。最後にはその山脈が迫ってきて平野はなくなった。秋田から奥羽《おうう》本線を北上した。小学校の教科書によく出ていた八郎潟《はちろうがた》の干拓地がちょっとだけ見えた。大館《おおだて》より北に進むと、雪が深かった。津軽《つがる》平野は一面の雪だった。青空に真っ白な岩木山《いわきさん》が見えていた。

青森の町は少しすすけていた。自動車のスパイクタイヤがアスファルトを削るからだろうか。横断歩道の白い線が消えていた。青森駅の先には青函《せいかん》連絡船が見えた。北海道には渡らずここから引き返した。私は青森駅で夜行の急行八甲田《はっこうだ》に乗った。仙台《せんだい》駅で目が覚めると雪が降っていた。私は上野《うえの》駅に着いた。初めての東京だった。私はそのまま東京駅から普通列車に乗って東海道《とうかいどう》線を西に進んだ。

京都で夜になった。京都から夜行列車で山陰に向かうことにした。列車が発車しようとする時に、二人が列車のデッキに乗り込んできた。女の人はウェディングドレスを着ていた。その瞬間の記憶しかない。あの二人はその後幸せになっただろうか。

朝、松江《まつえ》に着いた。駅は完成したばかりのような新しい高架駅だった。街を少し歩いてみた。少し佐賀に似た街だった。道端には雪がたくさん残っていた。日射しがあってその雪は解けはじめていた。時間が足りなかった。街の北のほうにある小泉《こいずみ》八雲《やくも》の記念館には行けなかった。

松江から山陰線を西に向かった。山と海の間に線路があった。所々に小さな都市があった。山と海だけだった景色が開けて小さな平野が見えた。その小さな平野の端に小都市があった。その街の外には人家はほとんど見えなかった。このような景色が何回か繰り返された。ここでは北に海があって、南に山がある。ここに住む人はそういう概念なのだなと思った。私が生まれてからイメージしてきた世界は、常に北に山があって南に平野と海がある世界なのだ。

九州横断

私は九州の中央部の山地に何かの憧れがあった。下犬童から北に見える脊振山地よりははるかに規模の大きな山地である。山あいはどんな風景だろうか、小さな町があるのだろうかと憧れていた。

ある夏、私は九州の西側の熊本から豊肥《ほうひ》本線で東側の大分に向かった。阿蘇《あそ》を過ぎて、竹田《たけた》市で列車を降りた。竹田は山の中の小さな都市だった。駅から少し歩くと小さなアーケード街があった。少し薄暗くて古い商店が並んでいた。こんな山の中にアーケード街があるのだ。それを過ぎると山が迫っていて短いトンネルになっていた。私はさらに先へ進んで坂道を上った。だいぶ歩いて岡城址《おかじょうし》に着いた。滝廉太郎《たきれんたろう》の「荒城の月」で歌われている場所である。山の上に石垣があった。私は暑さでばててしまった。

別な夏だっただろうか。私は熊本県側の阿蘇の高森町《たかもりまち》から宮崎県側の高千穂町《たかちほちょう》まで歩く計画を考えた。冷静に考えるとちょっと無理そうなので高森町から途中までバスに乗った。阿蘇のカルデラの中にある高森までは列車で行った。そこでバスに乗って、阿蘇の外輪山を越えた。外輪山を越えると景色は少しなだらかな感じになった。遠く北のほうに祖母山[52]らしい山が見えた。祖母山は険しそうだった。

適当な場所で私はバスを降りて東に向かって歩いた。丘のような低い山を何度も越えた。山は低く見えるがここ全体でかなり標高が高いはずだ。少し広くなった場所には集落や畑があった。所々にコンクリートの白くて大きな橋脚が立っていた。国鉄の高千穂線の工事が途中で中止された跡の橋脚だった。小さい頃、佐賀の唐津の北のほうでやはり建設中止になった呼子《よぶこ》線の工事跡を見た時と同じような風景だった。私は真夏の暑さの中を十五キロメートルくらい歩いてやっと高千穂の町に着いた。そこには深い谷があった。

鹿児島交通線

ある時、私は薩摩《さつま》半島を一周してみた。まず鹿児島から国鉄の指宿枕崎線で枕崎市に向かった。指宿のあたりより先へ行くと人家はだいぶまばらな感じになった。開聞岳のすぐ近くを列車は通った。開聞岳は整った円錐形の火山だった。ソテツのような植物が山の麓から上のほうへ自生しているのが見えた。このあたりの風景は私の見慣れた風景とはだいぶ違っていた。ちょっと亜熱帯な感じだった。五月の雨上がりの少し蒸し暑いような日だった。山の新緑が見たことのない濃さだった。

枕崎駅は線路がそこで途切れてホームがあるだけの駅だった。駅舎は私鉄の鹿児島交通のものらしかった。枕崎の街を港のほうへ歩くと鰹節《かつおぶし》の匂いがした。すごく濃い匂いだった。私は、鹿児島交通線のディーゼルカーに乗って、薩摩半島の西側を北上した。線路の状態はかなり悪いらしく車両は激しく揺れた。何かにつかまらないと立っていられない揺れだった。小さな鉄橋を渡る時は脱線しないか心配になるくらいだった。駅をいくつか過ぎたがどの駅も木造の駅舎が朽ち果てていた。

私は加世田《かせだ》駅に着いた。ここが一番大きな駅らしかった。ホームの端は草で覆われ始めていた。駅の敷地には線路が数本敷いてあった。真っ茶色に錆びた蒸気機関車があった。もう動くはずの無いような状態に見えた。上半分が朽ちた木造客車が駅の端の線路に放置されていた。田舎の道端に朽ちたポンプ小屋をたまに見ることがあるが、この客車の状態はほとんどそれに近かった。その向こうには畑と民家が見えた。これは私が小さい頃、父が持っていた鉄道雑誌の写真で見た景色そのままだった。

この鉄道はその後まもなく台風の被害で不通になった。そしてそのまま廃業になってしまった。

風景写真

この頃、私は風景写真をたくさん撮った。フィルムはカラーのリバーサルフィルムを使った。私はこのフィルムを小さなカメラに入れて写真を撮った。カメラのピント調整は目測だった。フィルムは現像に出すと、スライドになってできあがってきた。このスライドを光にかざして見るとフィルムに写し込まれた空の白い雲が光っていた。樹木の明るいところと暗い陰の部分の対比が鮮やかだった。私は撮影した風景のスライドを小さな映写機に掛けて、下宿の壁に投影した。

ある時、下宿の下のほうにある国鉄の操車場の夜景を撮影した。操車場の上を細い歩道がまたいでいた。私はそこにカメラを据えて数十秒間シャッターを開いた。写真は真っ暗な背景になった。その中にたくさんの線路が映っていた。線路の鉄の表面が水銀灯の光を受けて緑色に光っていた。宇宙空間に無数の緑色の光のすじが光っているような不思議な写真になった。

テレビ

鹿児島にはテレビの民間放送局が二つあった。他の県の放送は映らなかった。佐賀にいると福岡の四つの民間放送と佐賀の放送が見られたから、これに比べると見られる番組は限られた。私はテレビ好きだったのでこれはかなり寂しかった。続きもののアニメ番組などは数週間遅れているものがあった。番組は途中で打ち切られることもあって、これは鹿児島出身の友人が残念がっていた。そのうち民間放送局は三つになった。

鹿児島はたしかに佐賀に比べると街は大きくてにぎやかだった。物もたくさんあった。しかしテレビに限らないが、鹿児島は情報という面で見ると孤立している印象を私は感じた。それに比べると、佐賀では近くに久留米や大都市の福岡があってそこへ行き来したり、そこからの情報を受けたりすることができた。方言もほとんど同じだった。鹿児島にはそれが無かった。隣の熊本や宮崎はあまりにも遠かった。方言は九州北部とまったく違っていた。

アメリカ海軍

ある頃アメリカ海軍の軍艦が鹿児島港に入港した。軍艦は二週間くらい停泊しているらしく、一般見学できるような日が設けてあった。鹿児島の繁華街にはアメリカの水兵が出歩いていた。私は佐賀出身の同級生と街を歩いていた。その同級生は英会話サークルに属していて英語がかなり話せた。

街角のどこかで水兵と知り合った。その水兵は若くてまだ二十歳にも達していなかった。私らと同年代だった。水兵は軍艦を案内すると言った。私らは港まで歩いていって、横付けされた軍艦に乗り込んだ。軍艦はかなり大型の輸送艦らしかった。艦はどこもグレーの塗料で塗られていた。私らは水兵と一緒に艦内の部屋に入った。ドアは防水ドアになっていた。そこはたぶん乗組員が休憩したりミーティングをしたりする部屋のようだった。周りのテーブルには乗組員がたくさん座って雑談していた。私らは空いている席を探して座った。

しかし、雰囲気が変だった。ここは見学者が入ってはいけない場所のようだった。びくびくしているうちに、士官のような人がやってきて私の目の前で何かどなり始めた。私はそれが聞き取れなかった。私らはその部屋を出て、甲板に出た。

水兵と同級生と私は甲板の隅に腰掛けた。晴れて暖かい日だった。同級生は水兵に向かって、アメリカ海軍とソビエト海軍はどちらが強いと思うかと質問した。水兵はわからないと答えた。当時はまだ冷戦時代だった。水兵は私らにリンゴを差し出した。私はそのリンゴをかじった。

動物

この時代、私は大型の動物と対峙することがあった。ある時、私は知人らと長崎鼻《ながさきばな》にある植物園に行った。長崎鼻は薩摩半島の最南端の岬である。そこではダチョウが放し飼いになっているというのを知っていた。植物園に入って中を歩いていると、ダチョウも私らと同じところにいるのである。あの大きなダチョウに蹴られそうで怖かった。私は、ゆっくりと近寄ってくるダチョウと視線を合わせないようにじっと耐えていた。

天文サークルの合宿で霧島のキャンプ場に行った時のことだった。道路とキャンプ場の間の小道を私は一人で歩いていた。私は林の中の小さな空間に出た。同時にその空間の反対側から小鹿が出てきた。すぐ後ろに大きな親鹿が立っていた。私との距離は二十メートルくらいだろうか。双方ともに距離が近すぎると感じていた。私と鹿は見つめ合った。次の瞬間、鹿は林の中に跳ねるようにして消えていった。

その日の夜だっただろうか。天文サークルの皆は流星を観察するためにキャンプ場の広場に寝転がっていた。広場に灯りはまったく無かった。星空だった。私はその時立っていた。私は黒い物体が広場の中を動いていくのに気づいた。最初はなんだろうと思った。音はしなかった。黒い物体は私の目の前を通り過ぎて、皆が寝転がっているところに近づいた。これはイノシシだと確信した。私は腰が抜けたようになった。私は危険を知らせようとしたが、「イ、ノ、」、「イノ、シ、」と声が出なかった。

大学生活　一

期待した大学生活だったが、講義はあまり面白くなかった。理論が大事なのはわかるが、使う目的のわからない理論を勉強するのは退屈で苦痛だった。それよりも私は、いろいろな電子回路の原理や動作を確かめてみたかった。学科専門の講義は一年の後半からだった。ある程度自由に研究できるのは四年生になって、各研究室に配属されてからである。私は待てなかった。下宿生活を始めると同時に下宿で電子回路の実験を始めた。

まず始めたのが、アナログ信号をディジタル信号に変換して記憶する装置を作ることだった。私は原理を理解するために変換部分そのものを作ってみることにした。自分で回路を設計し、下宿の机の上で少しずつ組み立てて実験した。十ヶ月ほどかかってそれは完成した。私は、アナログ信号を出す発振器の信号をその装置に加えた。その信号がディジタル信号に変換される様子はオシロスコープで細かく観察することができた。発振器の信号の周期をどんどん速くすると変換された波形も間が詰まってきた。そして速度の限界に達すると変換されなくなった。

私はさらに発振器の信号の周期を速くしてみた。私は驚いた。速度の限界を超えているのに、発振器の信号の形が違う周期でまた再現されていた。その時私は、アナログ信号からディジタル信号に変換する時の重要な定理を理解した。それは数式からでなくオシロスコープに表示されている目に見える波形で理解した。オシロスコープの表示管に光っている緑色の波形が、音楽の五線譜の上を音符が動いていくような感じに見えた。

つぎは、二十歳までに自力でコンピュータを作る目標の実現だった。手に入るわずかな資料からコンピュータを設計した。このコンピュータは、市販されている中央演算処理装置[53]やメモリーの半導体チップを自分で組み合わせたものだった。それらの制御部分は資料を参考にして自分で回路を設計した。中央演算処理装置そのものを自分で設計しないと本当の意味で自力ではないような気がしたが、当時の私の能力ではそれは無理だった。

特殊な半導体部品は鹿児島では手に入らないから通信販売で東京の秋葉原に注文した。半導体チップは試作用の基板に載せて数千本以上の配線を半田付けしていった。コンピュータへプログラムや数値を入力する部分はスイッチや発光ダイオードをたくさん並べて作った。マウスもグラフィック画面も無かった。

一九八〇年の秋、二十歳の誕生日を数ヶ月過ぎてしまったが、自分で設計したコンピュータは何とか動作するところまでできた。これでごく簡単なプログラムを実行させることができた。しかし、実用型のコンピュータというよりコンピュータの原理学習機器という感じのものだった。

ある程度実用的なソフトウェアを作ろうとしていたあたりで、私は、自分が作れるコンピュータの限界につき当たってしまった。当時の自分の知識では、色々な数学の演算や処理方式がコンピュータのソフトウェアに置き換えられないのである。たしかその年に国産の完成品のパソコンが市販されるようになった。私がその悩んでいる部分は完成されていて、ある程度のお金を払えば手に入れることができるようになってきていた。

コンピュータそのものを作ることを個人の趣味でやる時代が急に終わろうとしていた。趣味の範囲から個人用のコンピュータが商品化された。そのハードウェアとソフトウェアを作って事業にすることは、ビル・ゲイツ氏[54]やスティーブ・ジョブズ氏[55]やスティーブ・ウォズニアック氏[56]らによって一九七五年頃に始まっていた。そして一九八〇年頃にはそれが完成されつつあった。私は事業にしようとは思わなかったが、技術的にも彼らに後れてしまった。それと、彼らは独力ではなかったようだ。刺激し合う最低もう一人が必要だった。私は孤立して趣味のような研究を進めていた。

両親からの仕送りはほとんどこれに費やした。母親からは、なんで仕送りをすぐに使い果たしてしまうのかと言われたが、私にはこれを推し進めることが必要だった。

大学祭

大学祭は大がかりだった。私のサークルではうどんの模擬店をやった。だし汁を仕込んでいる部員のアパートに行ってみると、部屋にだし汁の匂いが充満していた。うどんの評判は良くて客がたくさん来た。農学部では大学構内の林の中でそば屋をやっていた。私は初めてその林の中に入った。林の中には広い空間があった。

大学祭ではみこしのパレードがあった。みこしは二週間くらいかけて作った。太い竹を井形に組んだ。その上に角材と割いた竹で張子《はりこ》を作った。私のもうひとつのサークルでは、鹿児島の路面電車を作った。市電の車両基地に行って路面電車の図面をもらってきた。張子で作る車体の正面は実物の三分の二の大きさにした。車体はドアを開けると中に入れる大きさになった。しかし、これは大きすぎた。担ごうとすると肩が痛くてたまらなかった。私の肩はみみず腫れになった。サークルや学科のみこしは全部で百台以上になった。

みこしのパレードは大学を出発して、西鹿児島駅の前を通った。だれかが爆竹を投げると警察官が寄ってきた。道端の市民は私たちにバケツで水をかけた。無法地帯のようだった。市の中心街を通って、最後に与次郎ヶ浜《よじろうがはま》の空き地に向かった。みこしはそこに投げ込まれて山になった。火が点けられてみこしは燃えた。大学祭は破壊と創造だった。私は何かのエネルギーを感じた。

油絵　二

私は大学時代も時々油彩画を制作していた。私は大学の美術サークルを見学して、部長らしい人と話をした。その人は温和でよい人だと思ったが、サークルの活動自体は自分に合っていない気がした。私は美術サークルには入部しなかった。一年ほど経って、また私は美術サークルの部室に行って、その人と話をしたかもしれない。

私は、時々油彩画を描きたくなったが、その題材に行き詰まっていた。その頃の私の興味は具象絵画から発展させた超現実な空間の創造だった。私は画集で知ったダリやマグリットの絵が好きだった。マグリットの絵の展覧会があるというので熊本まで出かけたこともあった。私は、ダリやマグリット風の絵を描いてみた。青い空に雲が浮かんでいる。遠くに山脈があって、手前には砂漠が広がっている。その砂漠の上には大きな柱時計が二つ空中に浮かんでいる。時計の影が砂漠に落ちている。たしかにそれっぽい表現はできた。しかし、それが私を悩ませた。結局、私はダリやマグリットの画面の要素をまねて組み合わせただけだと感じはじめた。ダリやマグリットに似せた画風でそれがなんとか一瞬の鑑賞に堪えられるのかもしれない。しかしそれは、もとの画家が生み出したものには遠く及ばない。私は何か自分自身で独自に生み出した表現が必要だった。私はまだそれに気づいていなかった。

水彩画

私は、固形になった透明水彩絵具を買った。二十四色の絵具が固められて金属の箱に固定されていた。筆に水を付けてその上をなぞると絵具の表面が溶けて筆にしみ込んだ。この絵具の発色に驚いた。私は、樹木の葉で日が当たっている部分と陰になっている部分の表現が少しずつわかってきた。

私は試しに市電の軌道のある通りの絵を制作した。まずその風景を撮影したスライドフィルムを壁に貼った水彩用紙に投影した。私はスライド映写機を使った。風景はその白い紙の上に映っていた。私は風景のあらましを鉛筆でなぞった。これは正しい絵画の方法ではないようでちょっと後ろめたい気分がした。この方法はたしかに遠近法が正確な感じになるが、カメラの構図そのままの結果になってしまう。この技法はこの時だけにしてそれ以後の絵には使わないことにした。実際の景色を目で見て感じるままにデッサンしたほうが、遠近法や構図は自動的に補正されるだろう。そのほうがみずみずしい表現ができると私は思った。

私は水彩絵具で少しずつ絵に色を付けていった。アスファルトに落ちた樹木の影は試しに青紫色を使った。その頃私は、ただ暗い色を使ってもそれは美しい影には見えないことに気づいていた。青紫色はそれ単体を近づいて見ると不自然に見える。それが、少し離れて見ると日の当たっている部分を表現した色との関係で影に見えた。影に暗い色を使う必要がないことがわかった。道路の反対側の歩道は、街路樹と大学構内の樹木の影で薄暗かった。絵を離れて見るとそこが薄暗い感じとわかるような表現ができた。

大学生活　二

大学は最初の一年半が教養部でその後が専門課程だった。専門課程への進級には所定の必修科目の単位が必要だった。私の場合は英語や数学や電気回路などの教科だった。これらの単位のいくつかは二年生の前期でないと受けられない講義もあった。だからその単位を落としたら留年が決定してしまう。これはかなりのプレッシャーだったが、私はなんとかそれらの単位を取得して専門課程に進んだ。

私はこの頃から、中学や高校には無かったものを感じた。いつの間にか講義やサークルの部室に来なくなってしまう知人がかなりいるのに気づいた。アルバイトをやり始めたらそっちが大学より面白くなって、大学に来なくなったのだろう。ある知人は下宿でごろごろするだけで、講義も試験も受けない生活が身についてしまっていた。両親が教員の家庭に生まれて、高校時代は勉学もスポーツも優秀だったような知人がぷっつりとどこかへ行ってしまう。大学の学部は八年で満期退学だから、入学して六年目で専門課程に進級できないと自動的に卒業は不可能ということになってしまう。だから専門課程に進級できない状態が続くと六年目の秋に退学するのが普通だった。私は人生にはいろいろな選択肢があっていいと思っている。彼らは大学時代に自分の進むべき別の道を発見したのだろう。彼らはその後幸せをつかんだだろうか。案外、事業を起こして成功しているのかもしれない。

仕事を請け負う　一

大学二年の頃だったか、電子関係の製品の開発をやっている鹿児島県内の企業家と会うことになった。コンピュータ販売店の店員の紹介だった。その人の工場は鹿児島市から山を越えた先の加世田市[57]にあった。川沿いに工場の小さな建屋があった。パソコンの周辺機器を開発して作っているらしかった。その人は私より十歳くらい年が多いのだろうか。電子回路を考えてそれを事業化する能力はかなりすぐれているような感じがした。背の高い人だった。

その人の腹づもりはわからないが、私はとりあえずパソコン用のプリンタケーブル切り替え器という簡単な装置を請け負うことになった。私は、自分で部品を購入した。プラスチックケースを加工して、ケーブルの半田付け配線を下宿でやった。完成した品物を納めるといくらかのお金がもらえた。しかし、何かが私は不満だった。私は、自分の技術を生かしていく先はこれらの人々の関係線上には無いと思った。

仕事を請け負う　二

生物学科のT君を通してある人から私に相談があった。野生動物の行動を写真に撮るためのセンサーができないかということだった。獣道にセンサーを仕掛けて、それが反応するとモータードライブの付いたカメラのシャッターが切れるようにするものである。

私はとりあえず作ってみることにした。動物の探知のために赤外線の送信機と受信機を作った。送信機の赤外線ビームを何かが遮ると受信機が反応するようにした。ただし、昼間の明るさの変化で受信機が作動しないようにする必要があった。私は、送信機の赤外線だけに受信機が反応するように赤外線に変調[58]をかけることにした。

その一号機ができた。しかし、送信機と受信機の距離は一メートルか二メートルくらいが限界だった。発光ダイオードから赤外線をそのまま発射したから、光が拡散して弱くなっていた。これでは獣道に仕掛けるのは難しいだろう。それでもその人は一号機を受け取ってくれた。明かりに寄ってくる蛾《が》の撮影には使えたらしいという話をT君から後で聞いた。

次にT君の依頼で二号機を作った。今度は、赤外線の送信機と受信機にレンズを使って赤外線を細く絞ることにした。レンズはプラスチック製のルーペの良いものを使った。この効果は絶大だった。送信機と受信機の距離は二十メートルくらいまで離せるようになった。私は大学の学科の廊下でこれを実験した。これだったらいろんな目的に使えるだろうと思った。私はこれをT君に渡した。

しばらくして会うとT君はさえない顔だった。T君と別の人が自分が先に依頼していたはずだと主張したらしい。結局二号機はその人に渡ってしまったらしい。私はどんないきさつがあったかよくわからなかった。私は大学院を修了して鹿児島を離れる前に、二号機と同じ性能の三号機を作ってT君に渡した。お金は部品代と後はいくらかを手数料としてもらった。それよりも、自分が考えて作ったものが人から認めてもらえるということが嬉しかった。

大学構内

大学のキャンパスは東西に走る広い車道の両側に分かれていた。車道にある門から北に入るとヤシ並木があった。入り口近くには教養部があった。東側に法文学部、西側に理学部があった。私の工学部はさらにその西側だった。工学部は電車通りに面していた。東西に走る車道の南側は教育学部とグラウンドだった。その先には教育学部の付属小学校があった。そこから一番北の農学部の端までは一キロメートルくらいあった。かなりの広さだった。医学部、歯学部、水産学部はこのキャンパスとは別の場所にあった。

ヤシ並木沿いに学食があった。注文するとおばさんがアサリの入ったパスタをその場で作ってくれた。私はそのフライパンさばきに見入っていた。炒め物やステーキを安く食べることができた。食堂が混んでいる時間以外は、近所の人やタクシーの運転手らしい人などがのんびりと食事をしているのをよく見かけた。

ヤシ並木を東に曲がるとその先に生協の購買部があった。専門書の書籍はかなりそろっていた。私は文庫本もそこで買った。純喫茶みたいな店や理髪店もあった。

大学の構内には農学部の研究用の農場があった。私のいた工学部の六階の研究室からはそれがよく見えた。研究室は廊下の北側だった。日当たりは悪かったがその代わり北に広がる農学部の農場が広く見渡せた。すぐ手前には麦畑と水田があった。春になると麦の穂が風になびいた。向こうにトラクターの格納庫があった。農学部の学生が実習で畑の手入れをしているのが見えた。その先には農学部のビルが見えた。実験林もあった。この景色を見ていると、自分が市電の走っている通りに囲まれた市街地にいるというのが嘘のようだった。緑の農場を赤いトラクターが走った。

大学生活　三

私は、大学四年生になって制御工学の研究室に入った。この研究室は学科の中では研究内容が難しくて大変だと噂《うわさ》されていた。そんなことより私は、理論と実践の両方がやれそうな感じにひかれていた。英文の論文読み合わせが始まった。日本人の研究者が英語で書いた研究論文だった。私は自分の英語力がまったく通用しないのに気づいた。その頃の私は、講義の単位を取るためにしか英語と接していなかった。自分から英語の本を読んだりすることはなかった。私は助教授の先生とテーブルで向き合った。「針のムシロ」というのを初めて体験した。先生は、徹夜してでも論文を読んで理解してきてくださいと言った。その論文に書いてある理論の数式を研究室にある恒温槽[59]の制御に適用してみるというのが卒業研究のテーマだった。

恒温槽の制御装置は旧式のコンピュータが使われていたが、それを新型のパソコンで制御できるようにすることになった。私は恒温槽とパソコンの接続部分を設計して試作した。これは二ヶ月ほどですぐに完成した。論文の数式からパソコン用の言語でプログラムを作るとそれで直接恒温槽が制御できた。恒温槽の温度は逆にパソコンで読み取ることができた。現在の温度が制御理論の数式に自動的に代入されて、次にヒーターに加える最適な電力が自動的に算出された。

これで0・01度の精度で温度制御の実験がうまくやれるようになった。やってみると論文の数式はかなり優れていることがわかった。それからは論文の数式の細かいところを実際に合わせて改良する実験を続けた。卒業論文発表会を終えた頃だった。助教授の先生は、私らに向かって以前どなるようなことを言って申し訳なかったと言った。

進学

私は大学院に進んだ。大学に入学した時に考えていたわけではなかった。学部四年になって就職活動が始まった。私は、まだいろいろ考えたり研究したりしてみたいような気がしていた。私はなりゆきで、東京にある電気系の外資系合弁会社を訪問した。東京郊外のローカル線の小さな無人駅でディーゼルカーを降りた。駅は工業団地の中にあった。駅から少し歩くとその会社はあった。暑い日だった。

面接があった。私は自分のことや技術的なことを説明した。その会社の工場を見学した。手作業で精密な機器が組み立てられていた。工場の一角に研究開発をやる部署があった。昼休みのチャイムが鳴ると、私を案内していた若い社員の人は急いで胴着に着替えてきた。そして、円陣を組んで剣道の練習を始めた。

夜はその会社の寮に一泊した。大きな建物だった。その寮はどこかの別な会社の女子寮を譲り受けたものらしかった。ピンク色の洗面所や風呂場はかなり違和感があった。私は寮生の宴会に参加した。人事担当者もいた。

私はなんだか嫌になってしまった。その会社の事業も製品も研究開発もかなり高度でしっかりしているのはたしかだった。しかし、言葉では説明できない何かの違和感がどんどん強くなっていった。ここは私の進むところでは無いだろうと思った。早く鹿児島に帰りたかった。もう少し自分の研究を進めたいというのと、いろいろな会社を見てみたいことがこの時になってはっきりした。私は大学院進学を決心した。私は鹿児島に帰るとその会社から内定が伝えられる前に断りの電話を掛けた。

当時は私の学科の大学院は修士課程だけだった。博士課程は無かった。学部の学科生は学年で数十人いるが、大学院進学者は数人という状況だった。この鹿児島で研究ができるのかということも言われたりしたが、私はここで自分自身というものをもう少し確立させてから社会に出ようと思った。私は考える時間が欲しかった。

大学四年の夏休みに大学院の試験を受けた。大学院の試験は決まった式を解くようなものでなくて、ある現象をどうやって解析したらよいかというような問題が多かった。奨学金の審査も受けた。私はこの奨学金をその後十五年くらいかけて返済することになった。

大学院時代に私は漠然と思っていた。私は理論的な研究能力が今の自分に不足していることに気づいていた。会社に入ってもその場の仕事とは別に基礎的な数学などは自分で勉強していって将来に備えようと思った。

「まだ使われていない物理現象を使って新しい装置を開発しなければならない」とある教授は言った。これには大変な努力が必要だと思った。今の自分は、すでにできているものを組み合わせて何かを作ろうとしているだけに見えた。

自分が新しいものを生み出していけば何かの成果は得られると思っていた。それにはこれから十年間くらいの努力が必要だろう。その先には安定した状態の自分があるのだろうか。何かの成功の次には挫折があるのだろうか。また激動の時代が待っているのだろうか。私にはそれがわからなかった。

大学生活　四

大学院時代は同じ制御工学の研究室で指導教官を替えることにした。隣の研究グループは人間の皮膚表面の電気信号を捉えて研究していた。私はこれをやってみたくなった。私がそのグループに加わった時、被験者の腕の皮膚のごく弱い電気信号をレコーダで記録して解析する実験が進められていた。同時に二か所の信号が記録された。電極を皮膚に貼り付ける場所を変えながら実験が繰り返された。その後から測定結果の解析が行われていた。私は、それだったら、同時にもっとたくさんの部分に電極を貼り付けて多くの情報を得たほうが良いだろうと思った。そうでないと取り逃がす現象も多いだろう。それで私は、生体用の多チャンネル表面電位計測装置という装置の開発を行うことにした。

私は、実験的な試作を少しずつ進めた。そして一年半ほどでその実用機が完成した。電極で捉えた信号は増幅して光ファイバーで伝送した。被験者の皮膚各部の微かな電気信号はパソコンにグラフ表示されるようになった。その後、このような装置に使うための専用の組み込み用小型コンピュータを作った。その小型コンピュータのためのソフトウェアも作った。

結局修士論文はこの機器の開発と、測定した皮膚表面の電位の変化についてまとめた。ただ、この皮膚表面の電位はいろいろ測定しているうちに論文の締め切りになってしまった。何か新しい原理のようなものはつかめなかった。

他の研究室の先生から私の修士論文についての話があった。機器の開発は良いだろうが、実験結果については疑問があるというものだった。たしかに、私の実験結果から新しい知見を導くところまでは至らなかった。しかし測定の結果は嘘ではない。現実である。私は歴史的な評価を待とうと思った。

私が鹿児島を離れた後もこの装置は研究室で十年近く使われていた。後の学生の皆は、私が残した回路図をもとに回路基板を製作して、装置を拡張していったらしい。回路を作ったり実際の測定をしたりで、学生の装置開発の練習になっただろうと思う。

天体写真

大学の研究室には写真現像用の暗室があった。そこには引き伸ばし機もあった。その暗室は研究用には使われていなくて物置になっていた。私は、暗室の中のガラクタを片付けた。現像液や印画紙を自分で買ってきた。私はそこで天体写真の現像とプリントをやってみることにした。

天体望遠鏡にカメラを取り付けて惑星の撮影をしたような白黒ネガフィルムは、カメラ店に現像を頼んでもうまくいかなかった。それで、そのような天体写真を撮影しようとするとどうしても自分でフィルムの現像をやる必要があった。フィルムの現像には暗室と薬品の取り扱いが必要である。それは下宿の部屋では無理だった。私は研究室に入って偶然その機会を得た。

私はその頃天文サークルの友人と一緒に望遠鏡で木星を撮影した。望遠鏡には天空の日周運動を追尾するためのモーターは付いていなかった。木星の像がフィルム上でぶれないようにするために撮影の露出時間を短くした。それでフィルム上の像の感度を上げるような特殊な現像が必要だった。

私は、暗室の中を暗黒にした。撮影の済んだフィルムをパトローネ[60]から現像用のベルトに巻き込んだ。それを円筒形の現像タンクに入れた。私は温度を調節した現像液を現像タンクに注意深く流し込んだ。現像タンクには中をかくはんするためのつまみが付いていた。私はそのつまみを回しながら正確に時間を計った。すぐに定着液を入れてフィルムの水洗いを繰り返した。まだ濡れているフィルムを光に透かしてみると、そこには木星の像が写し込まれていた。フィルムはクリップで暗室の中につるして乾かした。

木星の写ったフィルムは引き伸ばし機に取り付けた。引き伸ばし機のライトを点灯すると、下に木星の像が大きく投影された。ここに印画紙を置くとフィルムの像の明るい部分と暗い部分が印画紙で反転されてポジの像になる。引き伸ばし機の柱の部分を上下させて像の大きさを調整した。木星の像は普通の風景写真と比べるとぼやけてはっきりしないから、引き伸ばし機のピントを合わせるのに苦労した。焼付けの時は暗室に備えてある赤いライトを点けることができた。引き伸ばし機で露光した印画紙は、現像液を入れた平たいバットの中で現像した。

プリントできた木星の像は粒子が粗くなってしまった。像はザラザラしていた。フィルムの感度を上げる現像処理をしたせいだった。私は、木星の一枚のプリントを作るためにフィルム上の複数の像を合成することにした。いくつものコマの像を合成することによって、勝手な粒子状のノイズの成分は平均されて小さくなる。その一方で木星の像本来の成分はコマごとに一定だからその成分ははっきりと残っていくという原理である。その頃は、画像処理というと電子計算機センターの大型計算機でやるような時代だった。それができるようなパソコンは無かった。私はそれらのことを全て化学反応の処理でやることにした。

私は本の解説を参考にして、木星の像の位置決めをするための器具を作った。この器具は印画紙の上に蓋がかぶって、焼付けの位置決めの光が印画紙に当たらないようにしたものである。私はその器具に印画紙を取り付けた。そして、木星の像が同じ位置になるように器具の位置を調整した。蓋を開いて一回目の露光をやった。それから蓋を閉じて次のコマの像の位置を合わせた。私はこれを何回も繰り返した。

露光の終わった印画紙はそれまでと同じように現像した。竹のピンセットでバットの中の印画紙をしばらく揺らしていると像が急に現れてきた。白い印画紙はどんどん黒くなっていく。暗黒の背景の真ん中にはっきりとした木星の像が浮き上がっていた。その木星の像には、木星表面大気の縞《しま》模様の構造と大赤斑と呼ばれる巨大な渦がはっきり写っていた。この木星の写真は天文の雑誌に投稿した。しばらくして、この写真が雑誌に掲載されたことを天文サークルの友人のN君が知らせてくれた。

他の大学

大学院一年目の終わり頃だった。担当教授は来年度いっぱいで退官してその後は他県の私立大学の教授になるということを聞いた。私は教授らに連れられてその大学を見学した。ここでは学生運動もなくて構内がきれいだとその大学の担当者は話した。大学の構内にはギリシャ風の彫像が立っていた。ガラス張りのコンピュータ室があった。設備はある程度充実していたが、研究者や学生の気配はほとんど感じられなかった。

私の担当教授は私にここの助手にならないかと言った。大学の助手というとそう簡単になれるものではないことはわかっていた。しかし、私はそこもずっと先の自分の居場所ではない気がした。私は、助手になる話を断った。

下宿を出る

一九八五年三月、私は大学院を修了して鹿児島の下宿を引き払うことになった。私は引き払う前に船に乗って鹿児島県の沖永良部島〔61〕へ旅行した。ここまで来るとさすがに暖かかった。船を下りると初めて見る青い海の底にウニがたくさん見えた。私は港のそばの町を歩いて宿を探した。宿の予約もせずにここまで来てしまっていた。海岸沿いの民宿に泊めてもらえることになった。私の他に宿泊客はいなかった。私は民宿のおばさんと一緒に食事をした。このおばさんから私は魚の食べ方が下手だと言われてしまった。

私は自転車を借りて島を一周することにした。空は晴れていた。最初は順調だった。サトウキビ畑の間を私は進んだ。気持ちよかった。島で二番目に大きな町を通った。学校や商店があった。丘のような山を越えて島の反対側に出た。

島の北西端の小さな集落にたどり着く頃にはだんだん空が曇ってきた。集落の商店は雨戸が閉まったままだった。なんだかちょっと寂しい気分がしたが、そのまま進んだ。荒涼とした小さな半島に巨大な風車があった。風力発電の実験をしているらしいが、風車は回っていなかった。鉛色の空と、海と、草原の中の巨大な風車だった。見渡す限りに自分ひとりしかいないのがすごく不安になった。急いで宿に帰ろうと思った。

沖永良部島からの帰りも船に乗った。奄美大島[62]に着いた時には夜になっていた。濡れた桟橋は港の明かりを反射した。桟橋には楽隊が整然と並んでいた。地元の工業高校の楽団と応援団だった。卒業と就職で島を離れる人の見送りだった。

出航の時間になった。乗船した乗客から見送りの人にテープが投げられた。楽隊の演奏が始まった。呼びかける双方の声の中を、船はゆっくりと岸壁を離れていった。私は、偶然に劇的な情景の中にいた。こんな見送りをしてもらえる離島の人がちょっとうらやましかった。離島に生まれて出発するということはこういうことなのだ。

奄美大島を出てしばらくすると船は大きく揺れはじめた。嵐になった。客室に横になっていると、自分が大きく上下しているのが気持ちの悪さでわかった。手すりをしっかりつかんで階段を上ろうとすると、ステップが勝手に足に張り付いてくる。すると、今度は私の足からステップが勝手に離れていく。まともに歩けなかった。客室の窓に波しぶきが掛かるくらいになって、「この船は大丈夫です」という船内放送があった。

旅行から鹿児島の下宿に帰ってからは、下宿を引き払う作業を進めた。荷物を少しずつ段ボール箱に詰めた。荷物は下宿の裏にある酒屋に頼んで宅配便で佐賀に送った。一日に五箱ずつくらい酒屋に運んだ。何度も酒屋に頼みにいくうちに、酒屋の主人からあと荷物はどれだけあるのかと怒られた。酒屋の主人は、私が着払い扱いで頼んだのを、元払い扱いにしてくれていたらしい。着払いと元払いの料金の差額は主人の自腹だったのだろうか。それでも荷物はなかなか減らなかった。結局全部で二十五箱も送った。この、荷物がなかなか片付かない情景は、長い年月にわたって私の追い詰められる夜の夢の重要な主題になった。

荷物がほとんど無くなって、一旦私は佐賀の家に行った。そして大学院の修了式に出席するために再び鹿児島へ戻って下宿に泊まった。寝具はもう佐賀に送っているので寝袋で寝た。鹿児島とはいえこの時の三月はまだ寒かった。朝、私は壁を剥がされる音で目が覚めた。下宿のおばさんから下宿部屋の改装工事をやると聞いていたが、私がまだ寝ているうちにそれが始まってしまった。廊下に出てみると、大工の人たちが下宿部屋の壁の薄いベニヤ板をばりばりと引き剥がしていた。

出発

一九八五年の四月を目前にしたある日、私は佐賀駅から出発した。夕方に出発する東京行きの夜行列車「みずほ」に乗った。向かった先は、東京都昭島市[63]である。就職先の寮に引越すためである。引越しの荷物は先に寮に送ってあった。荷物は段ボール箱一つ分にした。大事にしている本くらいしか箱に入らなかった。就職先は東京都の多摩《たま》地方にある理科学機器のメーカーだった。

佐賀駅には高校時代からの友人が見送りに来てくれていた。T君とH君は佐賀で高校教員になる予定だった。I君は私のように関東の電気関連メーカーに就職する。発車時刻になって列車は佐賀駅のホームをゆっくりと離れていった。これからやるはずの電子工学関連の仕事に大きな不安は無かった。ただ、これからの寮生活と入社後の合宿研修のことを考えると私はかなり気が重かった。

明日午前中には会社の寮に着く。否応なしに新しい生活が始まる。二段寝台のベッドに横になって眠りについた。カンカンという踏切の警報機の音が繰り返し聞こえていた。

それが静かになると、うっすらと目が覚めた。どの街の駅だろうか。しばらくその静けさが続いた後、突然、連結器の強い音と振動が伝わってきて、また列車は走り出した。この知らない街にも、私と同じように出発する人がきっといるはずだ。

二〇一二年五月一日　筆者

注

1　堀　堀は江戸時代頃に佐賀平野一帯に作られた農業用の水路である。幅は数メートルほどで複雑に分岐している。堀の岸には竹やぶや柳、ハゼなどの樹木があった。一九九〇年代以降は改修工事によって、直線的で幅の広い一般的な水路に変わってきている。

2　佐賀市　佐賀市は県庁所在地としては小さい部類に入る都市である。一九七〇年代で人口十数万人だった。一九八〇年前後の人口は約十六万人。旧佐賀藩の城下町。市街地の中心部の城跡に大きな堀が残っている。城跡は公園や官公庁、学校、住宅などの敷地として使われている。

3　天山（てんざん）　佐賀市の北西の方角にある標高一〇四六メートルの山。頂上付近はなだらかな草原になっている。

4　脊振山（せふりさん）　佐賀県と福岡県の県境にある佐賀県で二番目に標高の高い山。標高は一〇五五メートル。頂上付近に、気象レーダー、米軍の基地があった。

5　久留米（くるめ）　福岡県で福岡市と北九州市の次に大きな都市。当時の人口は約二十二万人。筑紫平野の東部に位置する。

6　炭団（たどん）　石炭の粉を円盤状に固めたもの。

7　オートバイ　スクーターは富士重工のラビット、オートバイは排気量二五〇㏄のメグロ製だった。メグロはその後カワサキに吸収されている。

8　鳥栖（とす）　佐賀県の東端にある都市。鉄道在来線は鳥栖駅で鹿児島本線から長崎本線が分岐する。国道は福岡から鹿児島へ向かう国道三号線から佐賀を通って長崎へ向かう国道三十四号線が分岐する。

9　神埼市千代田町（かんざきしちよだちょう）　北緯三十三度十六分、東経一三五度二十一分付近に位置する。

10　佐賀市兵庫町（さがしひょうごまち）　北緯三十三度十七分、東経一三五度二十分付近に位置する。

11　玄界灘（げんかいなだ）　朝鮮半島と九州の間の海域。

12　トラス状　三角形になるように支柱を組み合わせた構造。橋や鉄塔などの構造で普通に見られる。

13　モールス符号　短い音と長い音による二種類の音の組み合わせで符号を構成した通信方式。送信は電鍵と呼ばれるスイッチを手で操作して行う。受信はスピーカーの音を聞いて人間が解読する。二十世紀前半頃広く用いられたが、現在は業務用としては用いられない。

14　ヘルクレス座　夏の夕暮れ後に天頂から西よりの空に見える星座。こと座の西側に位置する。主な星座の星は三等星以下の星で構成される。星の配列はつづみ形、または真ん中がくびれたH形に見える。

15　アンドロメダ星雲　我々の銀河系に近い渦巻銀河のひとつ。メシエ番号でM31。銀河系から約二五〇万光年離れたところにある。肉眼では四等級くらいのぼやけた星か小さな雲のように見える。

16　接眼レンズ　天体望遠鏡の見口にあるレンズ。

17　大判カメラ　写真館などで使われた大型のカメラ。感光剤を塗ったガラス乾板に撮影する。ピント調整部分は蛇腹になっている。

18　一眼レフカメラ　撮影用のレンズとフィルムの間に可動式の鏡を設けたカメラ。撮影用のレンズによる像をファインダーで直接観察して焦点合わせができる。シャッターが開く前に可動式の鏡は閉じて撮影用レンズの像はフィルム側に結像する。

19　ディジタル回路　信号のオフとオンを符号の0と1に対応させて処理を行う電子回路。オフとオンの途中の状態は存在しない。例えば信号が0ボルトの時は符号0で信号が5ボルトの時は符号1というふうに定義される。この信号について、否定、論理和、論理積などの演算が定義されている。通常のコンピュータの内部はこの回路によって構成されている。

20　発光ダイオード　電流によって発光する半導体素子。Light Emitting Diode（LED）とも呼ばれる。

21　ネオンランプ　ガラス管の内部を真空に近い状態にしてわずかな量のネオンガスを封入した発光素子。ここでは、その電極が数字の形になっているニキシー管のこと。ひとつのニキシー管の中には0から9までの数字の形をした電極が重ねられて入っている。

22　半導体メモリチップ　コンピュータ用に使われる記憶素子。ここではバイポーラトランジスタによるメモリーのこと。

23　アナログ信号　信号の連続的な値によって現象を表現する信号方式。たとえば信号最小が0ボルトで信号最大が5ボルトであるとすると、その途中の電圧値を用いてある現象の大小が表される。例えばオーディオ機器のイヤホンやスピーカーを鳴らす信号はアナログ信号である。この場合、信号の電流の大きさが振動板の機械的な変位に対応する。

24　オシロスコープ　電気信号を目に見える形で表示する測定装置。普通は画面の横軸を時間、縦軸を電圧として信号が表示される。表示画面には一九九〇年代頃まではブラウン管が用いられた。

25　魚眼レンズ　普通のカメラの視界に比べて非常に広い視界が得られるレンズ。カメラの標準レンズでは視界の角度は五〇度から七〇度程度だが、魚眼レンズではその角度が一八〇度に達するものもある。

26　半導体センサー　ここではフォトトランジスタのこと。光の強さが電流に変換される。大きさは直径と長さともに数ミリメートル程度である。光を受ける部分は透明な窓になっている。

27　**真空管**　真空に近い状態にしたガラス管の中に複数の電極が設けてある。片方の電極から熱電子を放出させその流れを制御することで信号の増幅などを行う電気回路部品。

28　**戦艦金剛**　第二次大戦中まで存在した日本の大型軍艦。一九四四年に連合軍によって撃沈されている。

29　**中国戦線**　中国大陸で、日本軍と中国の国民党軍または共産党軍との間で行われた戦争。一九四五年に終結している。

30　**輜重隊（しちょうたい）**　前線に食料や武器などの物質を運ぶための部隊。

31　**黒電話**　当時の一般的な固定電話機の通称。ダイヤル式で色は黒色。電話回線から供給される電力で動作するので電源が不要である。

32　**火星**　太陽系の惑星で地球のひとつ外側の惑星。直径は地球の約半分。この頃の地球から火星までの距離は約一億キロメートルで地球から月までの距離の約二五〇倍。二酸化炭素が主成分の薄い大気があって、表面は岩山や砂漠のような状態になっている。両極にドライアイスからなる白い極冠がある。火星は地球から観察するとくすんだオレンジ色に見える。

33　レタリング　ポスターや字幕などの字を描くこと。パソコンを使った文字や図形作図が普及する以前の時代は、定規などを使って手書きで描いていた。

34　ディーゼルカー　床下のディーゼルエンジンを動力源にした鉄道車両。架線の無いローカル線で主に使われる。

35　西鹿児島　現在の鹿児島中央駅。鹿児島本線の下り列車の終点はこの西鹿児島駅だった。当時鹿児島の市街地にある駅は鹿児島駅と西鹿児島駅だったが、西鹿児島駅の方がはるかに大きかった。

36　鹿児島　鹿児島県の県庁所在都市。当時の人口約五十一万人。

37　かしわ　鶏肉のこと。西日本で使われる呼び名。

38　筑後川（ちくごがわ）　九州で最大の川。源流は熊本県の阿蘇山の北部山麓と大分県の九重山付近。下流では佐賀県と福岡県の県境を流れて有明海に注ぐ。

39　大牟田（おおむた）　福岡県最南端にある都市。明治から昭和にかけて炭鉱で栄えていた。

40　八代（やつしろ）　熊本県第二の都市。当時の人口は約十一万人。

41　水俣（みなまた）　熊本県最南端の小都市。

42　出水（いずみ）　鹿児島県北端の小都市。当時の人口は約四万人。

43　阿久根（あくね）　鹿児島県の小都市。当時の人口は約三万人。

44　川内市（せんだいし）　鹿児島県第三の都市で現在の薩摩川内市。当時の人口は約七万人。

45　串木野（くしきの）　鹿児島県の小都市で現在のいちき串木野市。当時の人口は約三万人。東シナ海に面する。

46　高千穂峰（たかちほのみね）　宮崎県西部の霧島連峰にある山の一つ。標高一五七四メートル。頂上に鉾が刺してある。

47　キビナゴ　体長一〇センチメートルくらいの細長い魚。鹿児島では酢味噌で食べる刺身が郷土料理になっている。

48　ニガウリ　ウリ科の野菜。正式な和名は「ツルレイシ」。ゴーヤと呼ばれている。

49　りゅうこつ座　冬の南天の大きな星座。「りゅうこつ」とは竜骨のことで、木造船の船底にある柱状の構造物のことである。

50　カノープス　りゅうこつ座の一等星。全天の恒星の中で見かけの明るさは太陽とシリウスの次に明るい。日本からは南の地平線近くに見える。

51　星祭　天体観察が趣味の人々が集まるイベント。夏に開催されることが多い。仏教行事の星祭とは関係ない。

52　祖母山（そぼさん）　大分県と宮崎県の県境にある山。標高一七五六メートル。東方にある傾山を含めて祖母傾山系と呼ばれる。

53　中央演算処理装置　コンピュータ内部で主な演算を行う部分。Central Processing Unit（CPU）とも呼ばれる。

54　**ビル・ゲイツ**　マイクロソフト社の創業者。一九七〇年代後半にマイクロコンピュータ用の言語（BASIC）の商品化などからマイクロソフト社の事業を始める。

55　**スティーブ・ジョブズ**　アップル社の創業者の一人。後の最高経営責任者（CEO）。

56　**スティーブ・ウォズニアック**　アップル社の創業者の一人。アップル社の初代コンピュータであるApple ⅠとApple Ⅱの回路を独力で設計している。

57　**加世田市（かせだし）**　今の南さつま市。

58　**変調**　ある信号に別な信号を合成すること。例えば、ラジオやテレビの電波は送信される基本となる周波数の電波が、音声や画像のアナログ信号やディジタル信号で変調されている。

59　**恒温槽**　温度制御用の恒温槽。ここでは直径数十センチメートルの円筒形の容器でその内部はシリコンオイルで満たされている。加熱用のヒーターと温度センサーを備えている。

60　**パトローネ**　写真のフィルムが入っている筒型の金属ケースのこと。撮影が終わったフィルムはこの中に巻き取られる。

61　沖永良部島（おきのえらぶじま）　鹿児島県の九州本土から約四五〇キロメートル南にある離島。沖縄県の沖縄島からは六〇キロメートルほど北に位置する。

62　奄美大島（あまみおおしま）　鹿児島県の九州本土から約三〇〇キロメートル南にある鹿児島県最大の離島。鹿児島県第四の都市である名瀬市がある。名瀬市の人口は当時約五万人。

63　昭島市（あきしまし）　東京都の中西部の多摩地方にある都市。市の南側は多摩川の中流域に面している。住宅街は東側の立川市や西側の福生市とつながっている。昭島の名前の由来は合併して市になる前の昭和町と拝島村の字を取って合わせたものである。

参考資料
・五万分の一地形図「佐賀」国土地理院　一九八六年
・高等日本地図　人文社　一九八一年
・天文年鑑　誠文堂新光社
・ウィキペディア

あとがき

私は、二〇一〇年から二〇一二年にかけて『倉の家から』と『下犬童』の二作品を私家版として発表した。これを公共図書館に納本して何かのきっかけを待っていた。そして、二〇一三年の秋、文芸社が佐賀県立図書館の書架でこれを見つけ出してくれて、私はこの流通版を出版する機会を得ることになった。

「倉の家から」の章に描いた一九六〇年代途中から一九七〇年代前半にかけて、私は幼年期から少年期を過ごした。その頃、テレビの画面には学生運動やベトナム戦争の映像が流れていた。身の回りでは、道路は砂利道から舗装道路へ、鉄道では蒸気機関車が消え、電子機器は真空管から半導体へと変化していた。社会は大きく変わろうとしていた。この記憶にある時代から今までに四十年以上の年月が過ぎ去った。私は、自分にある当時の記憶を失わないようにそれを書き記すことにした。

「下犬童」と「鹿児島」の章で、私は、「倉の家から」の時代に続く十四歳から二十四歳までのエピソードを思い出してみた。最初は書けるような物事が少ないような気がしていたが、書いているうちに一旦忘れかけていた記憶がいろいろとよみがえってきた。私は当時のエピソードと今の自分を比べてみるようになった。やはり、自分のかなりの部分は当時の出来事を再構成して成り立っていると感じた。

近年、九州新幹線が全線開通した。九州北部から鹿児島まで二時間もかからない距離になった。高速道路も整備された。もう鹿児島へ行っても、情報の孤立感や距離の遠さを感じることはないだろう。

佐賀については、その後、市街地の東側の兵庫町に新しい街が建設された。大規模なショッピングセンターができた。そこに入るととてもにぎやかである。しかし、その一方で市街地の中心部のアーケード街はさびれてしまった。多くの商店は廃業し、アーケードはほとんど取り払われた。あの頃の商店街の雰囲気が夢のことのようである。

あの頃の風景のスケッチをごくわずかしか描いていないのが悔やまれた。本文中のスケッチは最近になって描いたものである。

二〇一四年二月一日　筆者

私家版『倉の家から』所蔵先

国立国会図書館
佐賀県立図書館（本館）

私家版『下犬童』所蔵先

国立国会図書館
佐賀県立図書館（本館）
佐賀市立図書館（本館・大和館・諸富館）
神埼市立図書館（千代田館・脊振館）
鹿児島県立図書館（本館）
鹿児島大学附属図書館
佐賀県立佐賀西高等学校
佐賀市立川副中学校
神埼市立千代田中学校
株式会社西村製作所

その他

二〇一四年一月現在

著者プロフィール
山田 貢（やまだ みつる）
1960年　佐賀県佐賀市兵庫町に生まれる
1974年　家族と共に佐賀県神埼郡千代田町に移る
1979年　鹿児島大学工学部電子工学科に入学し、鹿児島市鴨池町に下宿する
1985年　日本電子株式会社に入社し、東京都昭島市に移る
1990年　趣味でクラリネットの練習を始める。アマチュア楽団に入団する
1998年　東京工業大学の博士課程（電子物理工学）に社会人入学する
2000年　趣味でバイオリンの練習を始める
2004年　東京工業大学博士課程を修了する
2004年　由香里と結婚し、東京都国立市に移る
2006年　第一回風景画個展を開く
2007年　埼玉県川越市に移る

本書は『倉の家から』（私家版、2010年）と『下犬童』（私家版、2012年）に加筆・修正し、1冊にまとめたものです。

下犬童《しもいんどう》

2014年5月15日　初版第1刷発行

著　者　山田 貢
発行者　瓜谷 綱延
発行所　株式会社文芸社
〒160-0022　東京都新宿区新宿1－10－1
電話　03-5369-3060（編集）
03-5369-2299（販売）

印刷所　株式会社フクイン

ISBN978-4-286-15015-4　JASRAC 出1314907-301